A CASA DAS BELAS ADORMECIDAS

Yasunari Kawabata

A CASA DAS BELAS ADORMECIDAS

tradução do japonês
Meiko Shimon

11ª edição

Estação Liberdade

Título original: *Nemureru Bijo*
© herdeiros de Yasunari Kawabata, 1960
© Editora Estação Liberdade, 2004, para esta tradução

Preparação	Kátia Vitale e Valdinei Dias Batista
Revisão	Flavio Moino e Pedro Barros
Composição	Estação Liberdade
Ideogramas à p. 7	Hideo Hatanaka, título da obra em japonês
Capa	Obra de Midori Hatanaka para esta edição. Acrílico sobre folha de ouro
Editores	Angel Bojadsen e Edilberto F. Verza

CIP-BRASIL. CATALOGAÇÃO NA PUBLICAÇÃO
SINDICATO NACIONAL DOS EDITORES DE LIVROS, RJ

K32c

Kawabata, Yasunari, 1899-1972
  A casa das belas adormecidas / Yasunari Kawabata ; tradução Meiko Shimon. - São Paulo : Estação Liberdade, 2019.
  128 p. ; 21 cm.

  Tradução de: Nemureru bijo
  ISBN 978-85-7448-098-5

  1. Romance japonês. I. Shimon, Meiko. II. Título.

19-55297   CDD: 895.63
                  CDU: 821.521-3

Vanessa Mafra Xavier Salgado - Bibliotecária - CRB-7/6644

19/02/2019 25/02/2019

Todos os direitos reservados à editora Estação Liberdade. Nenhuma parte da obra pode ser reproduzida, adaptada, multiplicada ou divulgada de nenhuma forma (em particular por meios de reprografia ou processos digitais) sem autorização expressa da editora, e em virtude da legislação em vigor.

Esta publicação segue as normas do Acordo Ortográfico da Língua Portuguesa, Decreto nº 6.583, de 29 de setembro de 2008.

EDITORA ESTAÇÃO LIBERDADE LTDA.
Rua Dona Elisa, 116 | Barra Funda
01155-030 São Paulo – SP | Tel.: (11) 3660 3180
www.estacaoliberdade.com.br

眠れる美女

1

— Não faça nenhuma brincadeira de mau gosto, por favor. Não vá, por exemplo, enfiar o dedo na boca da menina adormecida — recomendara insistentemente a mulher da hospedaria ao velho Eguchi.

No andar superior só havia dois cômodos, uma sala de oito tatames onde Eguchi e a mulher conversavam e, ao lado, provavelmente um quarto de dormir. Até onde se podia perceber, no andar térreo, pouco espaçoso, também não havia quarto para hóspedes; assim, a casa não poderia ser chamada de hotel. Não havia nenhuma placa com letreiro anunciando uma hospedaria. Além do mais, os segredos daquela casa não permitiriam colocar tal anúncio. Não se ouvia ali nenhum ruído. Além da mulher que recebera o velho Eguchi no portão com cadeado e que continuava à sua frente a conversar, ele não vira nenhuma outra pessoa. Se ela era a proprietária ou uma empregada, Eguchi, que estava ali pela primeira vez, não podia precisar. De qualquer forma, seria mais sensato não fazer perguntas desnecessárias.

A mulher era miúda e aparentava ter cerca de 45 anos. Tinha voz jovial e falava com uma inflexão deliberadamente atenuada. Mexia os finos lábios, mal os afastando para falar, e evitava encarar o seu interlocutor. Não só seus olhos quase negros tinham uma luz que dissipava qualquer desconfiança, mas ela mesma parecia ter total ausência de preocupação, demonstrando a tranquilidade de quem está acostumada com seu ofício. No braseiro de palóvnia, a água fervia na chaleira de ferro. A mulher preparou e serviu o chá ali mesmo, mas a excelência da qualidade das folhas de senchá e o bom preparo, que não esperava encontrar em tal lugar e tais circunstâncias, surpreenderam o velho Eguchi e aliviaram sua tensão. No *tokonoma*[1] pendia um quadro de Kawai Gyokudo[2], sem dúvida uma reprodução de uma paisagem montanhesca em cores quentes de outono. Não havia nenhum ar de mistério oculto naquela sala de oito tatames.

— Não tente acordar a menina, por favor. Por mais que tente, ela não abrirá os olhos... A menina dorme tão profundamente que não sabe nada do que está acontecendo.

A mulher tornou a insistir.

— A garota dorme o tempo todo e não percebe o que acontece do começo ao fim. Não sabe sequer com quem passou a noite... O senhor se sentirá à vontade com ela.

Várias dúvidas afloraram à mente do velho Eguchi, mas ele não chegou a formular qualquer pergunta.

— O senhor vai ver que ela é uma garota muito bonita. E os nossos clientes, de total confiança...

Em vez de virar o rosto, Eguchi baixou o olhar para o relógio de pulso.

— Que horas são? — perguntou a mulher.

---

1. Nicho na parede das salas japonesas tradicionais, onde se colocam obras de arte ou arranjos florais. [N.T.]
2. Renomado pintor paisagista em estilo tradicional japonês. [N.T.]

— São quinze para as onze.
— Realmente já é bem tarde. Os senhores idosos costumam dormir e acordar cedo, portanto, quando o senhor quiser...

Dizendo isso, ela se levantou e girou a chave da porta que dava acesso ao quarto de dormir. Talvez por ser canhota, tivesse usado a mão esquerda. Não havia nada de especial naquilo, mas, observando a mulher que girava a chave, Eguchi susteve a respiração. Ela espiou o interior do quarto, inclinando apenas a cabeça para além da porta. Sem dúvida estava acostumada a espiá-lo desse modo. Na realidade não havia nada de mais na sua silhueta vista de trás, mas ela parecia misteriosa para Eguchi. A estampa do *obi*[3] ostentava um pássaro grande e estranho na parte decorativa das costas. Ele não sabia que pássaro era aquele. Por que, num desenho de pássaro tão estilizado, teriam posto olhos e pés realistas? É certo que não se tratava de um pássaro sinistro, era apenas um desenho malfeito, mas se Eguchi tentasse resumir o sentimento inquietante suscitado pela silhueta da mulher, seria precisamente esse pássaro. O *obi* era de um amarelo-claro, quase branco. O quarto que espiava parecia estar na penumbra.

A mulher tornou a fechar a porta e, sem girar a chave de volta, colocou-a sobre a mesa diante de Eguchi. Não mostrou nenhuma expressão especial após inspecionar o quarto, e sua inflexão também se manteve inalterada.

— A chave está aqui, por favor descanse à vontade. Caso o senhor não consiga pegar no sono, há um sonífero à sua cabeceira.

— Não teria alguma bebida?

---
3. Faixa de tecido com a qual se amarra o quimono. [N.E.]

— Não, senhor. Não servimos bebida alcoólica.
— Nem um pouco, só para pegar no sono?
— Não.
— A mocinha já está no quarto ao lado?
— Sim, bem adormecida e esperando o senhor.
— É mesmo? — Eguchi demonstrou um pouco de surpresa. Quando aquela garota teria entrado no quarto? Desde quando estava adormecida? A mulher teria espiado pela porta entreaberta para conferir o sono da menina? Eguchi sabia, pelos comentários de um amigo idoso, conhecedor daquela casa, que uma jovem o esperava adormecida. Porém, indo ali pessoalmente, achou tudo isso ainda mais incrível.
— Vai se trocar aqui mesmo? — a mulher parecia querer ajudá-lo. Eguchi manteve-se calado. — Daqui da casa, ouve-se o barulho das ondas. E do vento também...
— Ah, o barulho das ondas...
— Bom descanso! — disse a mulher. E retirou-se.

Sozinho, o velho Eguchi olhou à sua volta pela sala de oito tatames que não escondia nenhum segredo, e deteve o olhar na porta de acesso ao quarto de dormir. Era de cedro, com noventa centímetros de largura. Parecia não fazer parte da casa quando esta foi construída, mas ter sido colocada posteriormente. Ao se dar conta disso e observando melhor, Eguchi achou que a parede que separava os cômodos estava no lugar onde antes ficavam as portas de tipo *fusuma*[4], substituindo-as para criar a câmara secreta da "bela adormecida". Ela fora pintada com a mesma cor do resto da sala, mas parecia mais nova.

---

4. Portas de correr forradas de papel resistente. Servem para separar os aposentos. [N.T.]

Eguchi tomou na mão a chave deixada pela mulher e a examinou. Era uma chave comum. Pegá-la seria a ação antecedente à sua ida para o quarto ao lado, mas Eguchi permaneceu sentado. Como a mulher dissera, o ruído das ondas era forte. Era como se as ondas batessem na alta falésia, como se aquela pequena casa estivesse à beira delas. O som do vento trazia a aproximação do inverno. Senti-lo desse modo talvez se devesse àquela casa, talvez ao estado de espírito do velho Eguchi, pois não fazia frio e só havia o braseiro aceso. Aquela era uma região de clima ameno. Não havia sinais de que as folhas secas das árvores se espalhassem com o vento. Como Eguchi chegara tarde da noite, não pôde observar a topografia dos arredores, mas sentiu o cheiro do mar. Além do portão ficava o jardim, bastante amplo para a dimensão da casa, onde havia vários pinheiros gigantes e bordos. Contra o céu sombrio, viam-se em nítidos contrastes as agulhas dos pinheiros pretos. Aquela devia ter sido uma casa de férias.

Eguchi acendeu um cigarro, ainda com a chave na mão. Deu uma ou duas tragadas e logo apagou a ponta mal consumida no cinzeiro. Porém, fumou lentamente o outro, que acendeu em seguida. Em vez de zombar de si mesmo por sentir essa ligeira inquietação, intensificava-se nele um sentimento de desgosto e vazio. Costumava tomar um pouco de uísque para adormecer, mas o sono era leve e muitas vezes tinha pesadelos. Havia um poema, escrito por uma jovem poeta que morrera de câncer, que falava a respeito das noites de insônia: "O que a noite me reserva são os sapos, os cães negros e os corpos afogados." Desde que o conheceu, Eguchi não foi mais capaz de esquecê-lo. Mesmo naquele momento, recordava este poema e, ao imaginar que a garota que dormia, ou melhor, tinha sido adormecida no quarto ao lado, fosse talvez um daqueles "afogados", sentiu certo receio em levantar-se e ir ao encontro dela. Não foi informado com que recurso a garota fora adormecida, mas, de qualquer forma, ela devia estar mergulhada na inconsciência do profundo sono artificial, poderia ter a pele opaca, cor de chumbo, como um viciado em drogas, os olhos rodeados de olheiras, ser magricela e ressequida com as costelas salientes. Poderia também ser uma garota inchada, com uma flacidez gélida. Poderia estar com as gengivas sujas, de um roxo desagradável à mostra, roncando levemente. Nos seus 67 anos de vida, o velho Eguchi com certeza conhecera noites deploráveis. E essas noites lhe deixaram marcas das mais inesquecíveis. O deplorável não provinha da falta de beleza física das mulheres, mas de suas tragédias, suas vidas infelizes. Tendo chegado àquela idade, Eguchi não desejava acumular mais uma experiência de encontro deplorável. Fora para aquela casa e, chegado o momento, não podia deixar de ter tais pensamentos. Contudo, haveria algo mais deplorável do que um velho que se deita ao lado de uma jovem adormecida que não acorda a noite inteira? Acaso não teria Eguchi ido àquela casa à procura dessa extrema miséria da velhice?

A mulher mencionara os "clientes de total confiança", mas parecia que todos que lá iam eram clientes em quem se podia confiar. O velho que indicara aquela casa a Eguchi também era um desses. Um velho que deixou de ser homem. Decerto pensara que Eguchi também já tinha entrado na mesma fase de declínio. Talvez a mulher estivesse acostumada a lidar com esse tipo de idoso, pois seu olhar não expressou nenhuma compaixão para com Eguchi, nem demonstrou curiosidade. Contudo, graças à vida licenciosa que levava, o velho Eguchi ainda não era o que a mulher chamava de "clientes que nos deixam tranquilos", embora pudesse vir a sê-lo. Dependia da sua disposição no momento, do local, como também da mulher com quem estava. Acreditava que a decadência da velhice já se aproximava e não estava muito longe de chegar à miséria dos clientes daquela casa. Não seria sinal de tal decadência o fato de ter procurado aquele lugar? Por isso, ele não pretendia nem em sonho quebrar a deplorável e tão lamentável proibição aplicada aos velhos. Ele conseguiria se conter, se assim o quisesse. Aquela casa devia ser um clube secreto, mas parecia ter poucos membros, e Eguchi não fora lá para denunciar pecados, nem para perturbar a ordem do lugar. Não ter tanta curiosidade já seria a própria decadência da velhice.

"Alguns clientes contam que tiveram belos sonhos enquanto dormiam. Outros, que se lembraram dos tempos de juventude", dissera a mulher. Recordando essas palavras, ditas havia pouco, o velho Eguchi esboçou um sorriso amargo. Apoiou a mão na mesa e levantou-se. Em seguida, abriu a porta de cedro que dava para o quarto vizinho.

— Ah!

O que fez Eguchi soltar a exclamação foram as cortinas de veludo carmesim. Devido à iluminação difusa, sua cor era mais profunda. Era como se houvesse uma camada de luz tênue diante das cortinas, causando-lhe a sensação de ter ingressado num mundo fantástico. As cortinas pendiam nos quatro lados do aposento, cobrindo-os inteiramente. A porta pela qual Eguchi entrara também era cortinada, mas suas pontas estavam presas. Girou a chave na porta e enquanto puxava a cortina baixou o olhar na direção da jovem adormecida. Não era um sono fingido, sua respiração profunda não deixava dúvidas. Sua inesperada beleza fez Eguchi reter a respiração. A surpresa não vinha apenas de sua beleza, mas de sua juventude. Estava deitada com o lado esquerdo voltado para baixo e mostrava apenas o rosto virado para o lado. Eguchi não conseguia ver seu corpo, mas não teria sequer vinte anos. No peito do velho, um novo coração vinha bater asas.

A garota deixara a mão direita até o punho para fora da coberta e o braço esquerdo parecia estendido na diagonal por baixo dela. A mão direita repousava sobre o travesseiro ao longo do rosto adormecido, tendo apenas meio polegar escondido pela face, e os dedos, devido à suavidade do sono, estavam levemente dobrados, mas não a ponto de impedir que Eguchi notasse as graciosas cavidades formadas em suas bases. A coloração rosada do sangue aquecido aumentava gradualmente do dorso da mão até a ponta dos dedos. Era uma mão branca e lisa.

— Está dormindo? Não vai acordar?

O velho Eguchi assim falou buscando um pretexto para tocar essa mão. Segurou-a e sacudiu-a de leve. Sabia que a garota não despertaria. Mantendo a mão dela apertada na sua, pensou que espécie de garota seria aquela e examinou seu rosto. Suas sobrancelhas não estavam desgastadas pela maquiagem, e os cílios cerrados eram uniformes. Sentiu o cheiro de seus cabelos.

Decorrido algum tempo, Eguchi ouviu mais forte o barulho das ondas, pois até então seu coração estava inteiramente atraído pela garota. Entretanto, decidiu vestir a roupa de dormir. Só então notou que a luminosidade do aposento vinha de cima. Olhando para o teto, viu duas aberturas semelhantes a clarabóias, de onde a luz das lâmpadas elétricas era projetada através da tela de papel Japão. Sem dúvida, uma iluminação como aquela não só era ideal para o veludo carmesim, mas também realçava melhor a tez da garota refletida no vermelho do tecido, dando-lhe a beleza irreal de um espectro. Apesar de sua perturbação, Eguchi teve esse pensamento como se estivesse com o espírito sereno para notar tais detalhes, mas, na realidade, o reflexo do veludo não chegava a alterar em nada a face da garota. À medida que os olhos do velho adaptavam-se à luminosidade do aposento, ele, acostumado que estava a dormir no escuro, ressentiu-se da claridade excessiva, mas constatou que as luzes do teto não podiam ser desligadas. Notou também que os acolchoados de pena de ganso eram de ótima qualidade.

Temendo apesar de tudo despertar a garota, embora soubesse que isto não iria acontecer, deslizou cuidadosamente para baixo da coberta. Notou que ela não usava nada no corpo. Além disso, não havia nenhum sinal, seja um contrair do peito ou um encolher dos quadris, de que ela sentisse o velho deslizar a seu lado. Normalmente, uma jovem esboçaria algum tipo de reação, por mais profundo que fosse seu sono, mas ela não estava tendo um sono natural. Pensando assim, Eguchi afastou um pouco seu corpo, evitando o contato com o dela. Como a garota projetava levemente o joelho dobrado para a frente, o velho sentiu falta de espaço para suas pernas. Bastou uma olhada para notar que, deitada com o lado esquerdo para baixo, a garota não exibia posição de defesa, sobrepondo o joelho direito sobre o esquerdo, sendo que a perna direita mantinha-se estendida com o joelho ligeiramente para trás. Os ângulos do ombro esquerdo e dos quadris eram diferentes devido à inclinação do tronco. A garota parecia não ter estatura muito elevada.

O sono profundo era sentido até em seus dedos da mão, que ficaram ali, caídos, do modo como ele os deixara depois de tê-los segurado e sacudido. Quando Eguchi puxou seu próprio travesseiro, sobre o qual apoiava o cotovelo, a mão da garota deslizou e caiu da borda. Eguchi contemplou-a e murmurou:

— É como se ela estivesse viva.

Não havia a menor dúvida de que ela estava viva, e dissera aquilo por achá-la realmente encantadora, mas depois que proferira aquelas palavras, sentiu sua ressonância sinistra. Para a garota, que tinha sido adormecida sem nada saber, embora o curso de sua vida não tivesse sido suspenso, não estariam aquelas horas perdidas para sempre? Não estaria ela imersa na profundidade de um abismo sem fim? Ela só não fora transformada em uma boneca viva por elas não existirem. Mas, para evitar constrangimento aos velhos que não eram mais homens, fizeram dela um brinquedo vivo. Não um brinquedo propriamente, mas talvez a própria vida para esses velhos. Talvez a vida que eles pudessem tocar com tranquilidade. A mão da garota, bem perto dos olhos de Eguchi enfraquecidos pela idade, parecia ainda mais terna e bela. Era suave e lisa ao tato, mas ele não conseguia examinar sua pele delicada.

Notou que no lóbulo da orelha havia a mesma coloração rosada do calor do sangue que se intensificava à medida que se aproximava da ponta dos dedos. A orelha aparecia entre os cabelos. O vermelho do lóbulo da sua orelha revelava o frescor da jovem e era um toque pungente no coração do velho Eguchi. Fora àquela casa secreta pela primeira vez incitado pela curiosidade, mas se perguntava se os velhos mais decrépitos do que ele não a frequentariam compelidos por alegrias e mágoas muito mais intensas que as dele. Os cabelos da garota eram compridos naturalmente. Talvez ela os deixasse assim longos para que os velhos pudessem mergulhar neles os seus dedos. Descansando a cabeça no travesseiro, Eguchi afastou-lhe os cabelos da orelha. Um reflexo alvo destacava-se por trás da orelha. O pescoço e os ombros eram inocentes como os de uma adolescente. Não tinham ainda as curvas arredondadas da plena feminilidade. Desviando a atenção dela, percorreu o quarto com o olhar. As roupas que ele despira estavam na cesta de vestuário, mas não viu as da garota em parte alguma. Quem sabe a mulher as tivesse levado; porém, ao pensar que a garota poderia ter entrado no aposento sem nada no corpo, Eguchi sentiu um choque. Podia vê-la nua por completo. Não havia nada de assustador nisso, pois era exatamente para essa finalidade que ela tinha sido adormecida. Todavia, sentiu vontade de cobrir-lhe os ombros com a colcha e fechou os olhos. O cheiro da garota pairava no ar e, de súbito, um cheiro de bebê atingiu-lhe as narinas. Era aquele cheiro de leite, próprio das crianças de peito. Era mais doce e intenso que o da menina.

"Não pode ser..." Seria pouco provável que a garota tivesse tido uma criança, que estivesse com leite nos seios e que agora estivesse escorrendo das mamas. Eguchi voltou a observar-lhe a fronte e a face, e depois as linhas juvenis do queixo ao pescoço. Isso seria suficiente para convencê-lo, mas levantou um pouco a coberta do ombro e deu uma espreitada. Era evidente que as formas não eram de uma mulher que amamentara. Furtivamente, tocou-lhe os seios com a ponta dos dedos e sentiu não haver umidade. Por outro lado, mesmo que a garota tivesse menos de vinte anos e, por isso, se pudesse dizer que ela ainda cheirava a leite, não era possível que seu corpo ainda conservasse o cheiro de leite de um bebê. Na realidade, ela tinha apenas o cheiro de uma mulher. Todavia, era verdade também que, naquele exato momento, o velho Eguchi sentira o cheiro de uma criança de peito. Teria tido uma visão fugaz? Ele não sabia explicar a razão pela qual teria tido tal visão: certamente uma fraqueza súbita vinda do vazio de seu coração teria deixado ressurgir aquele cheiro. Refletindo sobre isso, Eguchi sentiu-se invadido por um sentimento de solidão misturado ao de tristeza. Mais do que tristeza ou solidão, era um frio desgosto da velhice. E esse sentimento deu lugar à piedade e ao enternecimento para com a jovem que cheirava a calor juvenil. Querendo se desvencilhar da crueza do súbito sentimento de culpa, o velho talvez tivesse a impressão de que uma música se elevava do corpo da garota. Era uma música repleta de amor. Sentindo vontade de fugir, Eguchi percorreu com o olhar as quatro paredes, mas elas estavam envolvidas pelas cortinas de veludo e parecia não haver nenhuma porta de saída. O veludo carmesim iluminado pela luz do teto era macio, e nenhum sopro o agitava. Mantinha prisioneiros o velho e a garota que fora adormecida.

— Não vai acordar? Não vai acordar?

Eguchi segurou o ombro da jovem e o sacudiu. Levantou-lhe a cabeça, repetindo:

— Não vai acordar? Não vai acordar?

Agiu assim impulsionado por uma ternura pela garota que crescia no fundo do seu ser. O fato de ela estar adormecida, não falar, ignorar o rosto e a voz dele, isto é, de se encontrar em tal estado, de não saber nada do homem chamado Eguchi que lhe fazia companhia, tudo isso se tornou insuportável para ele. Aquele momento havia chegado de modo inesperado. Sua presença não significava nada em absoluto para a garota. Embora ela não abrisse os olhos, e apenas sua cabeça adormecida tombasse pesada sobre as mãos do velho, o ato de franzir imperceptivelmente as sobrancelhas podia ser interpretado como um sinal de que ela vivia. Tranquilizado, Eguchi conteve o movimento das mãos.

Se a garota acordasse com as sacudidas de Eguchi, os mistérios daquela casa — os quais o velho Kiga, que lhe dera informação sobre o local, dizia ser como "dormir com uma imagem secreta de Buda" — perderiam totalmente o sentido. Uma menina que jamais acorda decerto proporciona uma tentação, uma aventura, uma doce volúpia para os velhos "clientes que deixavam a mulher tranquila". O velho Kiga apenas dissera-lhe ser possível se sentir realmente revigorado nos momentos em que se estava ao lado de uma mulher adormecida. Quando foi visitar Eguchi na casa deste, Kiga, que estava na sala de visitas, notou no jardim algo vermelho caído sobre os musgos, já secos devido ao outono.

— O que será? — Intrigado, desceu para ver. Era um fruto de aucuba. Havia vários deles caídos. Kiga retornou com um deles e, enquanto brincava com ele entre os dedos, contara a respeito da casa secreta. Dissera que ia lá sempre que o desespero de envelhecer se tornava insuportável.

— Desesperar-me por causa de mulheres parece até coisa de um passado bem distante. Veja você, inventaram mulheres que passam a noite adormecidas e não acordam.

Uma mulher mergulhada no sono, que não fala nada, que não ouve nada: não seria, por outro lado, o mesmo que falar tudo, escutar tudo de um velho que já não tem virilidade para fazer companhia a uma mulher? Para Eguchi, entretanto, essa era sua primeira experiência com uma mulher desse tipo. A garota, por certo, já devia ter experiência de deitar-se com velhos como ele. Entregava-se totalmente e ignorava tudo, mergulhada no sono letárgico tal como uma morte aparente, deitada com um rosto quase infantil e respirando com tranquilidade. Talvez algum velho tivesse acariciado todos os recantos do seu corpo; outro, talvez, tivesse chorado em altos prantos com pena de si mesmo. Fosse como fosse, a garota não poderia saber de nada. Apesar de pensar em tudo isso, Eguchi ainda não conseguira fazer nada. Até para retirar a mão de debaixo do pescoço dela, ele o fazia como se tocasse em um objeto frágil. No entanto, a vontade de acordá-la com brutalidade não desaparecia por completo.

Assim que Eguchi tirou a mão de sua nuca, a garota virou lentamente o rosto e, nesse movimento, os ombros também se deslocaram, seu corpo virando-se para cima. Julgando que ela iria acordar, Eguchi recuou e ficou alerta. O nariz e os lábios da garota refletiam o brilho da juventude à luz do teto. Ela levou a mão esquerda até a boca. Parecia que ia colocar ali o dedo indicador, como se tivesse

esse hábito enquanto dormia, mas apenas encostou-o levemente nos lábios, que se entreabriram deixando os dentes à mostra. A respiração, até então pelo nariz, passou a ser feita pela boca e dava a impressão de se ter acelerado um pouco. Eguchi achou que a garota estivesse sofrendo. Não era nada, contudo. E como os lábios ficaram entreabertos, parecia ter surgido um leve sorriso em seu rosto. O barulho das ondas que batiam na alta falésia voltou a ressoar mais perto dos ouvidos de Eguchi. O rumor das ondas vazantes indicava a existência de rochedos ao pé da costa. Ficou com a impressão de que a água do mar retida atrás das rochas escoava com certo atraso. Mais do que antes, quando respirava pela narina, a garota exalava um odor do ar expirado pela boca. Mas não era o cheiro de leite. Intrigado, o velho refletia sobre a razão de subitamente ter sentido esse cheiro e pensou ser talvez uma prova de que sentira a mulher dentro dela.

O velho Eguchi tinha um neto que ainda cheirava a criança de peito. A imagem dele surgiu em sua mente. As três filhas estavam casadas e cada uma delas lhe dera netos, mas Eguchi não esquecera os tempos em que os carregava no colo ainda cheirando a leite, bem como suas filhas, quando elas ainda eram bebês. A memória do cheiro do leite dos bebês de sua família teria voltado de repente como uma censura a si mesmo? Ou seria, porventura, o cheiro do coração de Eguchi que se compadecia da garota adormecida? Eguchi deitou-se de costas, tendo o cuidado de evitar qualquer contato com ela, e fechou os olhos. Seria melhor tomar o sonífero que estava na cabeceira. Sem dúvida, seria menos forte do que aquele dado à menina. Certamente iria acordar antes dela.

Caso contrário, os segredos e os encantos daquela casa desmoronariam. Eguchi abriu o embrulho de papel colocado à sua cabeceira, onde havia dois comprimidos brancos. Se tomasse um, ficaria num estado ébrio, entre o sonho e a realidade, e se tomasse os dois cairia num sono profundo como a morte. Seria bom se isso acontecesse. Enquanto pensava, Eguchi contemplou os comprimidos e, então, as recordações desagradáveis e perturbadoras ligadas ao cheiro de leite ressurgiram em sua mente.

— Que cheiro de leite! Você está cheirando a leite! É cheiro de bebê! — A mulher que dobrava o casaco que Eguchi acabara de despir empalideceu e o encarou furiosa.

— É a sua filha, não é? Antes de sair de casa, você estava com o bebê no colo, não estava?

Com as mãos tremendo violentamente, e esbravejando, a mulher levantou-se e atirou-lhe o casaco.

— Eu o odeio! Estava com o bebê no colo antes de sair para me ver. — A voz dela era terrível, mas seu olhar era ainda mais aterrador.

A mulher era uma gueixa com quem ele mantivera relações. Sabia muito bem que Eguchi era casado e tinha filhos, contudo o cheiro de criança de peito lhe provocara uma rejeição violenta e atiçara a chama do ciúme. Depois desse incidente, a relação entre eles acabou arrefecendo.

O cheiro que a gueixa detestara era o odor remanescente da filha caçula de Eguchi. Ele tivera uma amante antes do casamento. Como os pais da moça sempre a vigiavam de perto, nos raros encontros que tiveram eles se amaram intensamente. Certa vez, ao afastar o rosto, Eguchi notou uma mancha de sangue ao redor do bico do seio dela.

Surpreso, mas como se nada tivesse acontecido, encostou-lhe o rosto, dessa vez suavemente, e sorveu o sangue. A garota, extasiada, não percebeu nada do que acontecera. Quando Eguchi lhe contou o fato, os momentos de paixão fogosa já haviam passado, mesmo assim a garota dissera não ter sentido nenhuma dor.

Era estranho que as recordações desses dois incidentes surgissem naquele momento, pois tinham acontecido num passado muito distante. Não era possível que aquelas recordações secretas pudessem ter provocado a impressão do cheiro de leite na garota adormecida. Contudo, pensando melhor sobre o assunto, mesmo que se falasse de passado muito distante, talvez, no ser humano, memória e reminiscências não pudessem ser definidas como próximas ou distantes unicamente por ser sua data antiga ou recente. Pode acontecer que, mais do que o dia de ontem, os acontecimentos da infância, sessenta anos atrás, tenham ficado guardados na memória e fossem recordados de uma forma mais nítida e mais viva. Isso não acontece com mais frequência na velhice? Além disso, não haveria casos em que os acontecimentos da infância contribuiriam para formar o caráter e dar direcionamento à vida de uma pessoa? Podia ser algo insignificante, mas quem ensinou a Eguchi, pela primeira vez, que os lábios de um homem podem provocar sangramento em qualquer parte do corpo de uma mulher foi aquela jovem cujo contorno do bico do seio estivera manchado de sangue. Depois dela, Eguchi evitara causar sangramento numa mulher durante os enlaces; mas, com seus 67 anos de idade, acreditava ainda que fora presenteado pela jovem com algo que reconforta a vitalidade de um homem.

Um outro episódio, talvez menos importante, foi aquele em que Eguchi, ainda moço, ouvira em confidência a esposa de um dos diretores de certa empresa de destaque, uma mulher de meia-idade, uma mulher que detinha a fama de "esposa exemplar", com um vasto círculo de relações.

— À noite, antes de pegar no sono, eu fecho os olhos e tento contar os homens pelos quais gostaria de ser beijada. Eu os conto dobrando os dedos. É tão divertido! E, se não consigo contar dez, sinto uma tristeza...

Nessa ocasião, dançaram juntos uma valsa. Eguchi interpretou que, se ela lhe fizera subitamente essa confidência, era porque ele mesmo estaria incluído no grupo dos homens pelos quais ela gostaria de ser beijada. Sem querer, diminuiu a pressão dos dedos que seguravam a mão dela.

— É só contar por contar... — disse com displicência. E acrescentou: — O senhor, que é jovem, não sabe o que é a sensação de solidão antes de pegar no sono, e mesmo que a tenha, bastaria puxar sua esposa para junto de si. Mas tente fazer essa contagem, dia desses. Para mim, vez ou outra, funciona como um bom remédio.

Seu tom era seco, e Eguchi não lhe respondeu. Falara apenas "contar", mas ele desconfiava que, enquanto contava, ela evocava o rosto e o corpo desses homens, remexendo em sua fantasia e demorando um tempo considerável para contar até dez. Ao pensar nisso, o perfume de apelo afrodisíaco dessa mulher que já passara um pouco de sua plenitude de repente atingiu com força o olfato de Eguchi. O que ela evocaria a respeito dele antes de adormecer, como um dos homens por quem desejaria ser beijada, era sua liberdade secreta e não dizia respeito a Eguchi, que não podia evitar isso e se defender, nem podia reclamar. Mas parecia-lhe que, sem saber, tornara-se um brinquedo na imaginação daquela mulher de meia-idade, e isso lhe provocou a sensação de indecência. Mesmo assim, até agora não conseguia esquecer as palavras dela. Era possível que ela tivesse inventado tudo só para seduzir o jovem Eguchi, ou pregar uma peça para zombar dele; suspeitara mais tarde dessa possibilidade. Mas, apesar disso, suas palavras permaneceram em sua memória por muito tempo. Já fazia muitos anos que ela tinha morrido. E o velho Eguchi não duvidava das suas palavras. Quantas centenas de homens aquela esposa exemplar teria beijado na sua fantasia, antes que a morte a levasse?

À medida que a velhice se aproximava, nas noites em que custava a pegar no sono, Eguchi recordava as palavras dela, e também ele contava mulheres nos dedos, só que não ficava apenas na vontade de beijá-las, muitas vezes acabava por reviver as lembranças daquelas com que tivera intimidades. Nessa noite também surgiu, induzida pelo imaginário cheiro de leite da menina adormecida, a recordação da amante do passado. Talvez o sangue do bico do seio dessa antiga amante o tivesse feito sentir um cheiro inexistente nessa garota. Talvez esse fosse um miserável consolo para um velho que acaricia uma beldade profundamente adormecida, enquanto mergulha em recordações de outrora. Porém, o que Eguchi sentia era, ao contrário, uma ternura quase triste na sua alma serena. Contentou-se em tocar com delicadeza os seios da garota para certificar-se de que não estavam molhados; nem lhe passou pela cabeça o desejo descontrolado de assustar a menina, que despertaria muito depois dele, ao fazê-la notar no bico de um deles, cujas linhas lhe pareciam tão belas, uma mancha de sangue. Entretanto, o velho divagava, refletindo sobre como era possível que, dentre todos os animais, somente a forma dos seios da mulher tenha adquirido, após longa evolução, um formato tão belo. O esplendor alcançado por eles não seria a própria glória resplandecente da história do ser humano?

O mesmo poderia ser dito com respeito aos lábios femininos. O velho Eguchi recordou-se de mulheres que se maquiavam antes de se deitar e outras que tiravam a maquiagem para dormir; mas havia algumas que, ao tirarem o batom, ficavam com os lábios desbotados, opacos e sem viço. A iluminação na face da garota adormecida a seu lado, que recebia a luz suave proveniente do teto e o reflexo do veludo que cobria as quatro paredes do quarto, não lhe permitia certificar-se de que ela usava uma leve maquiagem, mas era certo que os cílios não eram encurvados de modo artificial. Tanto os lábios como os dentes que se entreviam continham um brilho inocente. Sem artifício algum, assim como conservar na boca alguma substância aromática, ela exalava o hálito de uma jovem mulher. Eguchi não gostava das aréolas dos seios escuras e grandes, mas tanto quanto conseguira espiar, levantando furtivamente o acolchoado que lhe cobria os ombros, as dela eram ainda pequenas e de um suave tom cor-de-rosa. Por ela estar de costas, era possível para ele apoiar seu peito nos seios dela e beijar-lhe os lábios. Não lhe desagradaria, absolutamente, beijá-la, muito pelo contrário. Um homem da idade de Eguchi que pudesse fazer isso com uma jovem garota, poderia pagar qualquer preço para redimir-se desse pecado, bem como poderia dar-lhe tudo. Imaginou que os velhos frequentadores daquela casa teriam se afogado em delírios de prazer. Alguns deviam ter abusado, e Eguchi não podia deixar de imaginar tal cena. Apesar disso, talvez porque a garota estivesse adormecida e não se desse conta de nada, a beleza do rosto e das formas que ele via ali não fora atingida nem desgastada. O que salvava Eguchi de cair na tentação de uma brincadeira diabólica e degradante era a beleza de seu sono profundo. Quiçá o que o distinguisse dos outros velhos fosse que ele mantinha a capacidade de se comportar como um homem. Para os outros, a menina precisava permanecer mergulhada em sono profundo. Quanto a ele, já tinha tentado acordá-la por duas vezes, embora de modo delicado. Mas se, por algum engano, a garota tivesse despertado, não saberia o que fazer com ela. Porém, não havia dúvida de que fora movido pela afeição a essa jovem. Ou, quem sabe, pela sensação de inanidade e por medo.

— Acho que vou dormir — o velho percebeu que havia murmurado o que não precisava. E acrescentou: — Não se trata do sono eterno. Nem o dela nem o meu...

Da mesma forma que todas as outras noites desta vida, aquela noite estranha também lhe traria um despertar na manhã seguinte. Acreditando nisso, ele fechou os olhos. O cotovelo curvado da garota, que mantinha o indicador nos lábios, o incomodava. Eguchi segurou-lhe o punho e estendeu-lhe o braço ao longo do flanco. Ao fazer isso, sentiu seu pulso, e continuou apertando-o entre os dedos indicador e médio. A pulsação era delicada e regular. A respiração tranquila era ligeiramente mais lenta que a de Eguchi. O vento soprava sobre o telhado, de tempos em tempos, mas já não lhe parecia tanto como antes o sinal da aproximação do inverno. O barulho das ondas que batiam na falésia, embora continuasse alto, tornara-se mais suave, e a ressonância do ruído parecia vir do mar como música tocada pelo corpo da garota, acrescidas das batidas de seu coração e das pulsações de seu punho. Atrás das pálpebras do velho, borboletas brancas esvoaçavam ao ritmo da música. Eguchi soltou o punho da menina. Agora ele não tocava mais nenhuma parte do corpo dela. O cheiro da sua boca, o cheiro do seu corpo, o cheiro do seu cabelo não eram fortes.

O velho Eguchi recordou-se dos dias em que havia fugido para Kyoto pela ferrovia de Hokuriku, com aquela namorada cuja aréola do seio estivera manchada de sangue. A recordação tão viva daqueles dias passados foi, quem sabe, proporcionada pelo calor que vinha languidamente do corpo da ingênua garota. A linha de trem que ia de Hokuriku a Kyoto passava por pequenos e numerosos túneis. Cada vez que o trem entrava em um deles, a garota parecia sentir o temor renascer, encostava seu joelho ao dele e apertava-lhe a mão. Saindo do pequeno túnel sempre havia um arco-íris em algum morro ou em alguma pequena enseada.

Cada vez que o via, ela exclamava: "Que bonitinho!" ou então "Que lindo!" Procurava-os com os olhos à direita e à esquerda todas as vezes que o trem saía do túnel, e quase sempre os achava, alguns quase indistintos, em cores muito claras. Mas ela acabou por pensar que o surgimento desses numerosos arco-íris era um mau presságio.

— Estariam nos perseguindo? Tenho o pressentimento de que vamos ser apanhados em Kyoto. Se me levarem de volta, nunca mais me deixarão sair de casa.

Eguchi, que acabara de se formar na universidade e havia começado a trabalhar, não tinha recursos para se manter em Kyoto e, se não encontrasse a saída no suicídio duplo, dele e da garota, cedo ou tarde teria que retornar a Tóquio. No entanto, a visão dos pequenos arco-íris o havia feito imaginar a beleza daquela parte secreta da moça, e ele não conseguia afastá-la de sua mente. Vira-a num hotel à margem de um rio, em Kanazawa. Era uma noite de neve em finas partículas como pó. Tocado por sua beleza, o jovem Eguchi prendera a respiração a ponto de sentir as lágrimas brotarem. Nas dezenas de anos que se seguiram, nunca mais encontrou semelhante beleza em outras mulheres. Só agora compreendia-a melhor e passou a acreditar que a beleza daquela parte secreta era a beleza da alma da própria jovem. Embora quisesse rir dessa ideia como sendo "apenas uma tolice", tornara-se uma verdade em que fluíam os desejos, e mesmo agora, na sua velhice, constituía forte e indelével recordação. De Kyoto, a garota fora levada de volta a Tóquio por um enviado da família, e pouco depois arranjaram um casamento para ela.

Quando, inesperadamente, deparou com a garota às margens do lago Shinobazu, em Ueno, ela carregava um bebê nas costas. O bebê usava uma touca de lã branca. Era a época em que os lótus do lago Shinobazu estavam secos. As borboletas brancas que esvoaçavam nessa noite por trás das pálpebras de Eguchi ao lado da garota adormecida, talvez se devessem à lembrança da touca branca daquele bebê.

Ao reencontrá-la às margens do lago Shinobazu, Eguchi só conseguira pronunciar coisas banais, como "Você está feliz?", ao que ela respondera rapidamente "Sim, estou." Não havia outra resposta.

— E por que está caminhando sozinha num lugar como este, carregando o bebê? — Diante da pergunta estranha de Eguchi, a garota o encarou, sem responder.

— É menino ou menina?

— Ora! Claro que é menina! Não se vê logo?

— Este bebê não seria minha filha?

— Oh, não! Não é, não! — ela sacudiu a cabeça, com expressão de cólera nos olhos.

— Está bem. Se for minha filha, não precisa dizer agora, pode ser depois de muitas décadas, mas quando sentir vontade de me dizer, faça-o, por favor!

— Você está enganado, realmente está enganado! Não posso esquecer que o amei, mas, por favor, poupe esta criança dessa suspeita! Ela só terá aborrecimentos com isso.

— Está bem. — Eguchi não insistiu para ver o rosto do bebê, mas demorou-se olhando as costas da mulher que se afastava. Depois de caminhar por algum tempo, ela se voltou para trás. Notando que Eguchi a seguia com o olhar, apressou subitamente os passos e se afastou. Nunca mais a viu. Ele soube que ela morrera havia mais de dez anos. Com seus 67 anos, já perdera muitos parentes e conhecidos, mas a lembrança daquela garota conservou-se sempre jovem, condensada à touca branca do bebê, à beleza da parte secreta e ao sangue do bico do seio, que permaneciam nítidos. Eguchi pensou que fora ele certamente o único a conhecer aquela beleza excepcional e que, depois de sua morte não muito distante, ela seria apagada para sempre da memória deste mundo. A garota ficara encabulada, mas, por certo, movida por sua natureza, permitira o olhar de Eguchi. Ela mesma, entretanto, devia ignorar a própria beleza. Não podia vê-la.

Chegando a Kyoto, Eguchi e a jovem passearam de manhã cedo pelo caminho entre o bambuzal. As folhas dos bambus sob o sol matinal brilhavam prateadas e balançavam delicadamente. Recordando-as já na velhice, eram finas e tenras, e de fato prateadas; também seus colmos pareciam feitos de prata. Na trilha que margeava o bambuzal, os cardos roxos e as comelinas estavam em flor. Embora não fosse ainda a estação em que floriam essas plantas, era assim que vinha à mente do velho Eguchi a imagem do caminho. Passando pela trilha do bambuzal, e subindo a que acompanhava um riacho límpido, havia uma cascata impetuosa, cujas águas espargidas brilhavam à luz do sol. No meio desse chuviscar estava a garota nua, em pé. Na realidade, não havia nada disso, mas para o velho Eguchi, sabe-se lá desde quando, era assim que tinha sido. Depois que envelhecera, vendo os troncos do suave pinheiro-vermelho que cresciam nos morros dos arredores de Kyoto, por vezes vinham-lhe as recordações daquela garota. Mas era raro lembrar-se dela com tanta nitidez como nessa noite. Teria sido a juventude da garota adormecida que suscitava aquelas recordações?

Sentindo-se desperto por completo, o velho Eguchi achou que dificilmente conseguiria conciliar o sono. Não queria recordar outras mulheres além daquela que via pequenos arco-íris. Tampouco queria tocar na garota adormecida ou contemplar todos os recantos do seu corpo. Pôs-se de bruços e voltou a abrir o embrulho de papel da cabeceira. A mulher da casa dissera-lhe que era sonífero, mas de que tipo seria? O mesmo que ministrara à garota? Hesitante, Eguchi pôs apenas um comprimido na boca e o ingeriu com bastante água. Às vezes, tomava bebida alcoólica para dormir, mas não tinha o hábito de usar soníferos, por isso não demorou muito para cair no sono. E o velho Eguchi sonhou. Uma mulher o agarrava, e tendo ela quatro pernas, se enroscava nele com as mesmas. Tinha braços também. Quando acordou, ainda confuso, embora achasse aquelas quatro pernas extraordinárias, elas não lhe pareciam medonhas, e permaneceu em seu corpo uma perturbação muito mais forte do que aquela provocada por duas pernas reais. Pensou vagamente que tipo de remédio teria lhe provocado um sonho tão estranho. A garota voltou-lhe as costas e comprimira as nádegas contra ele. Eguchi, porém, apiedou-se dela, que, em vez de afastar dele as nádegas, removeu a cabeça para o outro lado. Com a doce sensação de estar entre o sonho e a realidade, mergulhou os dedos por entre os longos cabelos espalhados da garota como que para penteá-los e novamente adormeceu.

Então, teve um segundo sonho, repugnante ao extremo. Na sala de parto de um hospital, sua filha dera à luz um bebê malformado. Que tipo de má-formação era, o velho não se lembrou ao acordar. Não se lembrou porque talvez não desejasse lembrar. De qualquer forma, era uma má-formação assustadora. O bebê foi imediatamente retirado da vista da mãe. Em seguida, atrás da cortina branca da sala de parto, a mãe da criança, que dele tinha se aproximado, retalhava o bebê. Era para jogá-lo fora. Um médico de avental branco, amigo de Eguchi, estava em pé a seu lado. Também Eguchi estava ali assistindo à cena. Angustiado pelo pesadelo, dessa vez acordou por completo. Assustou-se ao notar o veludo carmesim que o rodeava por todos os lados. Cobriu o rosto com as mãos e massageou a fronte.

Que pesadelo! Não teria razão para suspeitar que o sonífero que lhe fora dado escondia algum poder mágico? Teria sido, talvez, por ter buscado volúpias perversas que lhe viessem sonhos perversos? Não sabia qual das três filhas aparecera no sonho, mas não queria pensar sobre qual delas tinha sido. Todas as três deram à luz filhos perfeitamente formados.

Bem que Eguchi gostaria de se levantar dali e ir-se embora. No entanto, a fim de adormecer mais profundamente, tomou o outro comprimido que tinha ficado na sua cabeceira. A água fria passou pelo seu esôfago. A garota adormecida continuava de costas para ele como antes. Eguchi, ao pensar não haver garantias de que ela mais tarde também viesse a ter bebês retardados ou malformados, colocou a mão em seu ombro roliço e disse:

— Vire-se para o meu lado!

Como se ela o tivesse ouvido, virou-se para ele. De forma inesperada, colocou a mão no peito de Eguchi e, como se sentisse frio, encostou suas pernas nele. A garota estava tão quente que não poderia estar sentindo frio. Emitiu um pequeno gemido, que Eguchi não sabia se fora pela boca ou pelo nariz.

— Você também está tendo pesadelos?

E o velho Eguchi mergulhou rapidamente no abismo do sono profundo.

2

O velho Eguchi pensou que nunca mais retornaria à casa das "belas adormecidas". Pelo menos, quando fora passar a noite ali pela primeira vez, não pensou que voltaria. Assim pensou também na manhã seguinte, quando se levantou e partiu.

Cerca de quinze dias se passaram desde então, quando Eguchi telefonou novamente para a casa, perguntando se poderia fazer uma visita naquela noite. A voz do outro lado parecia ser a daquela mulher de uns 45 anos, mas ao telefone soava como um sussurro frio vindo de um lugar ainda mais recolhido.

— Se o senhor se puser a caminho agora, a que horas acha que estará aqui?

— Bem, chegarei um pouco depois das nove.

— É cedo demais para nós. A sua companheira não terá chegado ainda e, mesmo que já estivesse aqui, não estaria adormecida...

— ...

O velho engoliu em seco. Ela continuou:

— Faremos com que ela adormeça antes das onze, por isso, aguardaremos o senhor a essa hora. — Enquanto a mulher falava vagarosamente, as batidas do coração de Eguchi, ao contrário, aceleravam.

— Então, até as onze — sua voz soou rouca.

"Qual o problema de a menina estar acordada? Até queria encontrar-me com ela antes que adormecesse", Eguchi poderia ter dito, mesmo que não falasse a sério, mesmo em tom de brincadeira, mas as palavras ficaram presas no fundo da garganta. Esbarrara no regulamento secreto daquela casa, que, por ser estranho, era necessário que fosse observado com rigor. Se as regras fossem quebradas uma única vez, o local acabaria por se tornar uma simples casa de prostituição. Acabariam também os pobres desejos e o fascínio dos sonhos dos velhotes. Nove horas era demasiado cedo e a garota ainda não estaria adormecida; fariam com que dormisse antes das onze. Quando ouviu isso pelo telefone, Eguchi sentiu de súbito seu coração tremer no calor da sedução, o que era totalmente inesperado para ele. Seria pela surpresa de ser conduzido de repente para fora do real de sua vida cotidiana? Ou pelo fato de a garota ficar adormecida e não acordar de forma alguma?

Eguchi não sabia se era cedo ou tarde demais voltar quinze dias depois à casa a qual pensara nunca mais retornar. De qualquer forma, ele não tinha se esforçado para conter a tentação. Pelo contrário, não sentia inclinação por repetir aquela lamentável diversão da velhice e não estava tão velho e decrépito quanto os idosos que procuravam um lugar como aquele. Contudo, a primeira noite naquela casa não o marcou pelas recordações repugnantes. Era evidente que havia pecado, mas sentia que, nos seus 67 anos de vida, nunca tivera com uma mulher uma noite tão casta como aquela. A mesma sensação continuava na manhã seguinte. O remédio para dormir fizera efeito, pois acordara às oito horas, bem mais tarde que de costume. O corpo do velho não tocava a garota em nenhuma parte. Envolvido pelo seu calor juvenil e cheiro suave, tivera um despertar doce como nos tempos de criança.

 A garota estava virada para o lado dele. Sua cabeça avançava ligeiramente para a frente e o tronco estava recuado. Com isso, na sombra do seu queixo surgiu uma linha quase imperceptível atravessando o pescoço delgado e juvenil. Os longos cabelos se espalhavam além do travesseiro. O velho Eguchi desviou o olhar dos lábios lindamente cerrados e, ao contemplar os cílios e as sobrancelhas, não duvidou que ela fosse virgem. A proximidade não permitia aos seus olhos cansados ver cada cílio ou fio de sobrancelha. Sua pele, na qual não podia ver a penugem, brilhava suavemente. Da face até o pescoço não havia nenhuma pinta. Tendo esquecido os pesadelos que tivera durante a noite, o velho sentiu intenso carinho pela garota; com isso, perpassou em seu coração um sentimento infantil, como se tivesse ganho o carinho dela. Procurou-lhe o seio e delicadamente o envolveu com a palma da mão. Com esse toque, foi atingido por uma sensação estranha, como se tocasse o seio de sua mãe antes de concebê-lo. O velho retirou a mão, mas a sensação o atravessou desde o braço até os ombros.

 Ouviu-se o ruído do correr do *fusuma* na sala contígua.

 — Senhor, está acordado? — chamou a mulher da casa.

— Estamos com sua refeição matinal preparada...

 — Ah, sim — respondeu mecanicamente. Os raios do sol matinal, que se infiltravam pelas frestas das portas de madeira externas ao corredor, incidiam sobre as cortinas de veludo, iluminando-as. No quarto, entretanto, à vaga iluminação vinda do teto não se acrescentava a luz da manhã.

— Podemos trazê-la, então? — insistiu a mulher.

— Sim.

Apoiando-se no cotovelo para se levantar, Eguchi afagou gentilmente os cabelos da garota.

Sabia que faziam o cliente levantar antes da jovem despertar, mas a mulher lhe servia a refeição calmamente. Até que horas a garota continuaria dormindo? Não querendo fazer perguntas indiscretas, comentou com ar indiferente:

— É uma menina graciosa.

— Sim, senhor. Teve sonhos agradáveis?

— Sim, tive belos sonhos.

— Os ventos e as ondas se amainaram esta manhã, e o tempo lembra um dia de primavera — disse a mulher, desviando a conversa.

E, assim, o velho Eguchi, que retornava àquela casa quinze dias depois, sentia mais remorsos e vergonha do que a curiosidade da primeira vez, porém era mais forte o sentimento de excitação. A impaciência causada pela espera das nove até as onze horas proporcionou-lhe um fascínio ainda mais intenso.

Quem abriu o portão para ele foi a mesma mulher da vez anterior. No *tokonoma* continuava pendurada a mesma reprodução de gravura. O sabor do senchá era igualmente bom, como da outra vez. Eguchi sentia-se mais excitado do que na primeira noite, mas sentou-se com o ar de um cliente habitual. Voltando-se para a gravura de montanhas em cores outonais, falou em tom despreocupado:

— Esta é uma região de clima ameno, por isso as folhas de bordo ficam encarquilhadas em vez de ganharem o bonito tom avermelhado, concorda? Como o jardim estava escuro, não pude ver bem, mas...

— O senhor acha? — respondeu a mulher sem demonstrar interesse. — Esfriou bastante, não é? Colocamos um cobertor elétrico. É para o casal e tem dois interruptores, portanto o senhor pode ajustar a temperatura como achar melhor.

— Eu nunca usei um cobertor elétrico.

— Se não quiser, não há problema em desligar o seu, mas peço-lhe que deixe ligado o da menina... — o velho então compreendeu que ela não tinha nada no corpo.

— É uma ideia interessante esse cobertor do qual cada um pode ajustar a temperatura como achar mais conveniente.

— É de fabricação americana... Mas, por favor, não faça a maldade de desligar o lado da menina. Por mais gelada que ela fique, não acordará, o senhor sabe.

— ...

— A menina desta noite é mais experiente do que a outra.

— Como?

— É uma garota muito bonita, também. Como não vai fazer nenhum mal a ela, é importante que seja uma bela garota...

— Não é a mesma menina da outra noite?

— Não, senhor, a menina desta noite... Ora, faz algum mal que seja outra?

— Não sou assim tão volúvel!

— Volúvel? Mas o senhor não fez nada que pudesse lhe qualificar de volúvel, ou fez? — a inflexão suave da mulher parecia esconder um sorriso zombeteiro. — Os clientes desta casa não são volúveis. Só recebemos clientes em quem podemos confiar. — A mulher de lábios finos não olhava para o rosto do velho Eguchi. Ele quase tremia de humilhação, mas não sabia o que dizer. "Esta mulher não passa de uma velhota de sangue-frio acostumada a tudo", pensou.

— Ademais, ainda que o senhor pense estar sendo volúvel, a menina está adormecida e nem sabe com quem passou a noite. Tanto a menina da outra vez como esta de hoje ignoram tudo a seu respeito, portanto, chamar isso de volúvel é um tanto...

— Está certo. Não se trata de um relacionamento humano.

— Por que não?

Depois de ter ido àquela casa, era no mínimo engraçado dizer que "não era humano" o relacionamento entre um velho, que já não era mais homem, e uma garota posta a dormir.

— Que mal teria em ser volúvel? — perguntou a mulher em tom estranhamente jovial, rindo como se tentasse apaziguar o velho. — Se a outra menina lhe agradou tanto, da próxima vez que o senhor vier nos visitar a deixaremos preparada, mas estou certa de que o senhor dirá depois que gostou mais da garota desta noite.

— É verdade? Disse que ela é mais experiente. Em que sentido é mais experiente? Não fica o tempo todo dormindo?

— Pois, isso...

A mulher se levantou, abriu a porta do quarto ao lado e espiou lá dentro. Depois, colocando a chave na frente do velho Eguchi, disse:

— Por favor, entre. Tenha um bom descanso.

Deixado sozinho, Eguchi verteu a água quente da chaleira de ferro no pequeno bule de porcelana e tomou o senchá pausadamente. Pretendia ficar calmo, mas a tigela de chá tremia na sua mão.

— Não é por causa da idade. Que absurdo! Não sou ainda um cliente em quem se possa confiar totalmente... — murmurou para si mesmo.

Que aconteceria se quebrasse o tabu da casa para vingar os velhotes que lá iam e expunham-se às humilhações e ao desprezo? Esse não seria, até para a garota, um tratamento mais digno e humano? Ignorava o poder do remédio que ministravam a ela para adormecer, mas tinha confiança de que ainda era capaz de tratá-la com brutalidade suficiente para acordá-la do sono profundo. Contudo, essas ideias não animaram o espírito do velho Eguchi.

A decrepitude hedionda dos pobres velhotes que procuravam aquela casa ameaçava atingi-lo dentro de alguns anos. Quanto da imensurável amplitude do sexo, da insondável profundidade do sexo teria ele tocado na sua vida de 67 anos? Além disso, em volta dos velhotes nasciam incontáveis peles renovadas de mulheres, peles jovens, de garotas bonitas. Os desejos de sonhos impossíveis, o lamento pelos dias que lhes escaparam e que estavam perdidos para sempre não estariam impregnando os pecados daquela casa secreta? Eguchi já havia pensado que as garotas adormecidas o tempo todo seriam uma eterna liberdade para os velhotes. As garotas adormecidas e mudas certamente lhes falavam tudo que eles gostariam de ouvir.

Eguchi levantou-se, abriu a porta do quarto ao lado e foi logo atingido por um odor quente. Sorriu. O que estava remoendo sozinho? A garota tinha as pontas das mãos à mostra, colocadas sobre as cobertas. As unhas estavam pintadas de cor-de-rosa. O batom era forte. Ela estava deitada de costas.

— Será mesmo experiente? — murmurou Eguchi, e aproximou-se. Viu que não só pelo ruge, mas por causa do cobertor quente, a cor de sangue corava-lhe as faces. O perfume era intenso. As pálpebras superiores eram cheias e as bochechas, fartas. O pescoço era tão branco que refletia o carmesim das cortinas de veludo. O ar de mulher provocante transparecia até na maneira de seus olhos estarem fechados. Enquanto Eguchi, afastado e de costas, vestia o quimono de dormir, o cheiro quente da garota vinha envolvê-lo e enchia o aposento.

O velho Eguchi sentiu que com esta jovem não conseguiria manter o recato como fizera com a outra. Acordada ou adormecida, essa garota por si só seduzia um homem. Se ele quebrasse o tabu da casa, seria possível dizer que fora por causa dela. Como se saboreasse antecipadamente o prazer que viria a ter, fechou os olhos e ficou imóvel, e só com isso já sentiu o calor juvenil subir de dentro de si. A mulher da casa dissera que a garota dessa noite era melhor, mas era extraordinário terem encontrado uma menina como essa, e o lugar lhe parecia ainda mais misterioso. Sentia pena de tocar nela e continuava extasiado, fascinado pelo seu perfume. Eguchi não entendia nada de perfumes, mas estava certo de que o que sentia era o próprio cheiro dela. Não teria felicidade maior se pudesse, nesse estado, cair no sono doce. Sentiu vontade de fazê-lo. Desejou chegar mais perto, e aproximou o corpo cuidadosamente. Como se lhe respondesse, a garota se voltou com um movimento gracioso, recolheu as mãos e estendeu os braços como se fosse abraçá-lo.

— O quê? Você está acordada? Está mesmo acordada?

Eguchi recuou e sacudiu-lhe o queixo. Talvez tenha sacudido forte demais, e ela tenha sentido a pressão dos dedos do velho. Como se quisesse fugir, a garota virou o rosto contra o travesseiro, e seus lábios entreabriram-se. Então, com a ponta da unha do indicador Eguchi tocou um ou dois dos seus dentes. Sem retirar o dedo, manteve-se imóvel. A menina também não mexeu os lábios. Não fingia dormir, sem dúvida. Estava mergulhada em sono profundo.

Eguchi, surpreso pelo fato de a garota dessa noite não ser a mesma da primeira, acabara reclamando à mulher da casa, mas era óbvio que, se as moças passassem noites seguidas sob os efeitos do remédio, teriam sua saúde prejudicada. Certamente para proteger a saúde delas é que os velhotes como Eguchi eram levados a ser "volúveis". No entanto, parecia que a casa não poderia hospedar mais de um cliente no andar superior. Eguchi não sabia como era o andar de baixo, mas mesmo que tivesse espaço para receber clientes, seria apenas um quarto. Por isso mesmo, achou que não seriam muito numerosas as garotas que dormiam para deleite dos velhos. Essas poucas seriam dotadas de beleza como aquela da primeira noite e como a dessa?

Os dentes que os dedos de Eguchi tocaram pareciam estar molhados com algo um pouco pegajoso. O indicador do velho tateou uma fileira deles e percorreu os lábios. Foi e voltou duas, três vezes. A parte externa dos lábios era quase seca, mas recebeu a umidade da parte interna e tornou-se macia. No lado direito, havia um dente encavalado. Eguchi tentou pegá-lo usando também o polegar. Depois, tentou introduzir o dedo atrás dele, mas os dentes da garota estavam firmemente cerrados, apesar dela estar adormecida, e Eguchi não conseguia abrir sua boca. Quando retirou os dedos, notou manchas vermelhas. O que usaria para limpar o batom? Se os esfregasse na fronha, poderia parecer que esta tivesse sido manchada pela garota quando ela apoiara a face, mas achou que a mancha não sairia se não lambesse seus dedos antes. Estranhamente, as pontas vermelhas pareciam-lhe sujas para serem colocadas na boca. O velho então as esfregou na franja da garota. Enquanto limpava as pontas do indicador e do polegar, os outros dedos de Eguchi começavam a tatear os cabelos dela, neles mergulhando-os e revolvendo-os; aos poucos tornavam-se violentos. As pontas dos cabelos da garota estalaram, soltando faíscas elétricas que sensibilizaram os dedos do velho. O cheiro dos cabelos tornou-se mais intenso. Devido ao calor do cobertor elétrico, o cheiro do corpo dela também ficara mais forte. Brincando de várias maneiras com os cabelos, Eguchi viu que o contorno das raízes, sobretudo na nuca, era extremamente bonito, como se tivesse sido desenhado. A garota tinha os cabelos curtos atrás, e penteava todos os fios para cima. Aqui e ali, na testa, os fios longos e curtos caíam de forma natural. O velho afastou-os e contemplou as sobrancelhas e os cílios. Com os dedos da outra mão afagou os cabelos profundamente, a ponto de tocar no couro cabeludo.

— Não está mesmo acordada — dizendo isso, o velho Eguchi segurou o topo da cabeça da garota e sacudiu-a. Ela pareceu mexer as sobrancelhas devido à dor e virou um pouco o corpo, pondo-se de bruços. Com isso, ficou ainda mais encostada no corpo do velho. Pôs os braços para fora, colocou o direito no travesseiro e apoiou a face direita sobre o dorso da mão. Era tal o modo de apoiar que Eguchi só podia ver seus dedos. Eles ficaram ligeiramente afastados, de modo que o dedo mínimo ficava sob os cílios e o indicador aparecia por baixo dos lábios. O polegar estava escondido sob o queixo. O vermelho dos lábios levemente voltados para baixo e das quatro longas unhas se juntaram num mesmo ponto da fronha branca. O braço esquerdo estava dobrado, e o dorso da mão se encontrava quase sob os olhos de Eguchi. Em comparação às bochechas fartas, os dedos eram finos e longos, insinuando o comprimento das pernas. Procurou investigar com a planta do pé as pernas da garota. Os dedos da mão esquerda estavam um pouco abertos e repousavam descansadamente. Eguchi pousou um lado de sua face no dorso dessa mão. Sentindo o peso, a garota remexeu até o ombro, mas não tinha forças para retirar sua mão. O velho manteve-se imóvel por algum tempo. Por ter esticado os braços, os ombros dela se levantaram de leve, realçando a forma arredondada e juvenil de seus seios. E, ao puxar o cobertor sobre os ombros dela, Eguchi envolveu docemente as formas arredondadas com a palma de sua mão. Seus lábios deslizaram do dorso da mão até o braço. O cheiro dos ombros, da nuca da garota, o seduzia. Os ombros, bem como a parte inferior das costas, se contraíram, mas logo se afrouxaram e a pele pareceu colar-se no corpo do velho.

Era o momento de Eguchi executar nessa escrava posta a adormecer a vingança dos velhotes, que iam àquele local se expor a humilhações e desprezo. Era o momento de quebrar o tabu da casa! Sabia que nunca mais poderia retornar. Tinha a intenção de despertar a garota com brutalidade. Porém, Eguchi foi imediatamente contido pelo claro sinal de sua virgindade.

Gritando "Ah!", ele se afastou. A respiração estava arfante e o coração batia forte. Menos por ter parado de repente do que pela surpresa. Fechou os olhos e procurou se acalmar. O que para ele não era difícil, diferentemente de um jovem. Passando suavemente a mão nos cabelos da garota, Eguchi abriu os olhos. Ela continuava na mesma posição, de bruços. "Cheguei a esta idade, e para que me impressionar só porque a prostituta é virgem? Esta também não deixa de ser uma prostituta." Mesmo pensando assim, uma vez passada a tempestade, seus sentimentos para com a garota e para consigo mesmo haviam mudado e ele não poderia mais voltar atrás. Não sentia pena. Nada do que fizesse com a menina adormecida e inconsciente tinha alguma importância. O que teria sido então aquele susto repentino?

Seduzido pela aparência coquete da garota, Eguchi quase chegou a praticar um ato ilícito; porém, refletindo melhor, indagou a si mesmo se os velhotes que frequentavam aquela casa não trariam consigo uma alegria lastimável, intenso apetite e profunda tristeza, muito maiores do que ele havia imaginado? Embora aquele fosse um divertimento sem compromisso para a velhice, um modo fácil de rejuvenescimento, o que estava por trás era algo que não mais retornaria mesmo que se arrependessem, não mais teria cura por mais que se debatessem. Era evidente que o fato de a menina coquete dessa noite, anunciada como "experiente", permanecer virgem era muito mais uma prova da cruel decrepitude dos velhotes do que uma demonstração de consideração e respeito ao compromisso. A pureza da garota, pelo contrário, acentuava a fealdade dos velhos.

Talvez a mão que permanecera debaixo da face direita tenha ficado dormente, pois a garota estendeu-a acima da cabeça e, por duas ou três vezes, abriu e fechou os dedos. Tocou a mão de Eguchi, que acariciava seus cabelos. Ele agarrou a dela. Os dedos eram flexíveis e um pouco frios. O velho apertou-os com força, como se quisesse esmagá-los. A garota ergueu o ombro esquerdo, virando-se um pouco, agitou o braço esquerdo no ar e jogou-o sobre o pescoço de Eguchi, como se o abraçasse. No entanto, o braço estava mole e sem força, e não chegou a enlaçar-lhe o pescoço. O rosto adormecido da garota virado para o seu lado estava branco e próximo demais para a vista cansada de Eguchi, mas as sobrancelhas grossas ao extremo, os cílios tão negros que criavam sombras, as elevações das pálpebras, as bochechas e o longo pescoço comprovavam a primeira impressão que tivera: tratar-se de uma coquete. Os seios, embora um pouco caídos, eram realmente fartos e tinham um volume pouco visto em garotas japonesas. Com a mão, o velho percorreu-lhe as costas, acompanhando a espinha até as coxas, que estendiam-se firmes desde os quadris. Talvez as partes superior e inferior de seu corpo não combinassem por ela ser virgem.

Já com o coração sereno, Eguchi olhava o rosto e o pescoço da garota. Sua pele convinha ao vago reflexo do carmesim das cortinas de veludo. O corpo da menina, que servia de brinquedo aos velhotes a ponto de ser designada pela mulher da casa com o termo "experiente", permanecia virgem. Isso porque os velhotes estavam decrépitos, e também porque ela estava profundamente adormecida. Entretanto, Eguchi começou a sentir uma preocupação paternal quando imaginou que vicissitudes essa garota de jeito coquete enfrentaria dali em diante. Era um sinal de que ele próprio havia envelhecido. Sem dúvida, a garota dormia só para ganhar dinheiro. Porém, para os velhotes que pagavam pelas jovens, o fato de poder deitar-se ao lado de uma garota como aquela equivalia, sem dúvida, à felicidade de se encontrar no paraíso. Já que a menina não acordava, o cliente idoso não precisava envergonhar-se do complexo de senilidade, e ganhava a permissão de perseguir livremente suas fantasias a respeito das mulheres e mergulhar em recordações. Talvez por isso não hesitassem em pagar mais caro pela garota adormecida do que por uma mulher acordada. O fato dessas meninas jamais saberem nada sobre os velhos proporcionava a eles maior tranquilidade. Por sua vez, eles não sabiam nada sobre as condições de existência ou a personalidade delas. Estava tudo planejado para não deixar nenhuma pista, para que nem mesmo se pudesse conhecer as roupas que elas usavam. Não se tratava apenas de razões banais para evitar algum incômodo posterior aos velhotes, mas de uma luz misteriosa na profundidade das trevas.

O velho Eguchi, contudo, não estava habituado a ter contato com garotas que não falavam, que não abriam os olhos, isto é, que não reconheciam uma pessoa chamada Eguchi. Não podia evitar a sensação de frustração. Queria ver os olhos da garota de ar coquete. Queria ouvir sua voz e conversar com ela. Não sentia muita atração por apenas passar as mãos pelo corpo da menina que dormia; pelo contrário, tinha até uma sensação de desolamento. Uma vez surpreso com a inesperada virgindade da garota, desistira de quebrar o tabu, e decidiu observar os costumes dos velhotes. Não havia dúvida de que, apesar de adormecida, a garota dessa noite estava mais viva do que a outra. Isso era comprovado tanto pelo seu cheiro e movimento de corpo quanto pelo toque de Eguchi.

Como da outra vez, havia na cabeceira do leito dois comprimidos para dormir. Porém, Eguchi pensou em não tomá-los tão cedo, para ficar contemplando por mais tempo a garota. Mesmo adormecida, ela se remexia muito. Devia revirar-se vinte, trinta vezes durante a noite. Ela virou-se para o outro lado, mas, em seguida, voltou-se para o lado de Eguchi e com os braços procurou por ele. Com a mão no joelho dela, Eguchi puxou-a para si.

— Não, não quero — parecia dizer a garota, com voz indistinta.

— Você acordou? — pensando que ela ia abrir os olhos, Eguchi puxou seu joelho ainda com mais força. Mas o joelho dela, sem a mínima resistência, apenas dobrou-se para o lado dele. Ele passou o braço por debaixo de seu pescoço, levantou-a um pouco e a sacudiu.

— Ai, aonde estou indo? — disse a garota.

— Você está acordada? Acorde, menina!

— Não, não — ela deslizou o rosto sobre o ombro de Eguchi, parecia querer evitar que ele a sacudisse. A testa dela tocou no pescoço do velho, e as franjas do cabelo picaram-lhe o nariz. Eram fios grossos. Doía-lhe. Sufocado com o cheiro, Eguchi volveu o rosto.

— O que está fazendo? Não quero! — disse a garota.

— Não estou fazendo nada — respondeu o velho, mas a menina falava dormindo.

Teria confundido o movimento de Eguchi, ou sonhado com alguma brincadeira de mau gosto por parte de algum cliente? De qualquer forma, mesmo sua fala sendo fragmentada e desconexa, Eguchi sentiu palpitar seu coração pela possibilidade de conversar com a garota adormecida. Talvez fosse possível acordá-la pela manhã. No entanto, nesse momento, mesmo que ele falasse com ela, suas palavras por certo não chegariam ao ouvido dormente da garota. Teria ela reagido e falado mais pelo estímulo físico do que pelas palavras do velho? Eguchi pensou em espancá-la com violência ou beliscá-la, mas, aos poucos, passou a abraçá-la com força. A garota não ofereceu resistência, nem deixou escapar qualquer som. Ela devia sentir o peito sufocado. Seu doce hálito chegou ao rosto de Eguchi. E foi ele que ficou com a respiração alterada. A garota, que se entregava totalmente, voltou a tentá-lo. Se perdesse a virgindade, que tristeza a assaltaria no dia seguinte? Que mudanças ocorreriam na vida dela? Não importava de que tipo fossem, de qualquer forma, a garota não perceberia nada até de manhã.

— Mamãe! — chamou a garota, como num grito contido. — Oh! Oh! A senhora vai embora? Por favor, perdoe-me, perdoe...

— Com o que está sonhando? É um sonho, é um sonho! — diante das palavras da garota que dormia, o velho Eguchi apertou-a ainda com mais força, tentando acordá-la. A tristeza contida na voz dela chamando pela mãe penetrou em seu coração. Seus seios estavam tão comprimidos contra o peito dele que estavam achatados. Ela estendeu os braços na direção dele. O teria confundido no sonho com sua mãe que desejava abraçar? Não. Embora adormecida, embora virgem, não havia a menor dúvida de que era uma coquete. Parecia que o velho Eguchi, em 67 anos de vida, nunca tivera a oportunidade de tocar com tamanha plenitude a pele de uma jovem. Se havia uma mitologia sensual, esta seria sua jovem heroína.

Começou a lhe parecer que não era apenas uma coquete, mas uma garota vítima de encantamento. Por isso, ela estava "viva mesmo adormecida", ou seja, sua alma adormecia profundamente, mas seu corpo, ao contrário, mantinha-se acordado em toda a sua feminilidade. Não havia nela uma alma humana, apenas um corpo de mulher. Estaria tão bem treinada para servir de companhia aos velhos a ponto de a mulher da casa anunciá-la como "experiente"?

Eguchi afrouxou o braço que apertava a garota com força, abraçou-a com carinho e ajeitou seus braços nus de modo que ela o enlaçasse. E ela o abraçou docilmente. O velho manteve-se nessa posição e permaneceu quieto. Fechou os olhos. Aquecido, sentia-se num deleite. Era quase um êxtase inconsciente. Parecia compreender o bem-estar e a felicidade sentidos pelos velhotes que frequentavam a casa. Ali eles não sentiriam apenas o pesar da velhice, sua fealdade e miséria, mas estariam se sentindo repletos de dádiva da vida jovem. Para um homem no extremo limite da sua velhice, não haveria um momento em que pudesse se esquecer por completo de si mesmo, a não ser quando envolvido por inteiro pelo corpo da jovem mulher. No entanto, estariam os velhotes pensando que compraram sem pecado as garotas adormecidas como oferenda para satisfazê-los? Ou, então, que por causa do sentimento secreto de pecado teriam um prazer ainda maior? Completamente fora de si, o velho Eguchi esquecera que a garota era a oferenda ao sacrifício, e procurou com o pé as pontas dos pés dela. Somente ali ele ainda não havia tocado. Os dedos eram longos e moviam-se graciosos. As articulações, de modo semelhante às dos dedos das mãos, ora se dobravam ora se desdobravam, o que já bastava para exercer em Eguchi a forte sedução de mulher misteriosa. Mesmo durante o sono, ela era capaz de trocar palavras de carinho com ele por meio dos pés. Entretanto, o velho contentou-se, interpretando os movimentos dos dedos dela como os de uma música hesitante e inocente, embora sensual. E continuou por algum tempo a acompanhá-la.

Parecia que a garota estava sonhando, mas teria o sonho acabado? Talvez tenha adquirido o hábito de falar e reclamar enquanto dormia em protesto aos toques insistentes dos velhotes. Eguchi pensou nessa possibilidade. Talvez fosse apenas isso. Mesmo sem falar nada e adormecida, a garota era plenamente sensual e apta a manter um diálogo com o velho apenas por meio do seu corpo. Porém, mesmo que fossem palavras desconexas em sonho, ele queria estabelecer um diálogo com ela em viva voz. Era provável que por não estar acostumado ainda com os segredos da casa, Eguchi não conseguisse desvencilhar-se dessa esperança. Perguntando a si mesmo, perplexo, o que dizer ou que parte do corpo pressionar para que a garota lhe respondesse, ele disse:

— Não está sonhando mais? Um sonho em que a sua mãe foi embora para algum lugar? — deslizou a mão ao longo da coluna, acariciando cada vértebra. Ela sacudiu os ombros e virou de bruços. Parecia ser a posição preferida dessa garota para dormir. Seu rosto continuava voltado para o lado do velho, com a mão direita abraçando de leve o travesseiro. Ela então pousou o braço esquerdo sobre o rosto dele. No entanto, não falava mais nada. O sopro suave da sua respiração chegava-lhe quente. Mas o braço sobre o rosto de Eguchi se mexia, procurando o equilíbrio. Então, com ambas as mãos, ele colocou-o sobre os seus olhos. As pontas das unhas compridas da garota arranharam de leve o lóbulo da orelha dele. A articulação do pulso dobrava-se sobre a pálpebra direita de Eguchi, de forma que a mesma ficou coberta com a parte mais fina do antebraço. Desejando conservar a posição, o velho apertou a mão da garota sobre seus olhos. O cheiro da pele dela penetrava-lhe os globos oculares e lhe proporcionava novas e fartas fantasias. Era bem nessa época do ano que duas ou três flores de peônia de inverno, banhadas pelo sol tépido como de um dia de primavera, floresciam ao pé do alto muro de pedras do velho templo da região de Yamato, e que *sazanka*[5] brancos cobriam amplamente o jardim até a beira do corredor externo do pavilhão Shisendo, onde homenageiam-se os poetas. Também, mais tarde, na primavera em Nara, as flores de *ashibi*[6] e as glicínias, além das camélias despetaladas, estariam em pleno florescimento no Templo das Camélias.

"Sim, era isso." Essas flores lhe traziam recordações de suas três filhas, que se casaram. Eram flores que ele vira

---

5. Arbusto nativo do Japão, da família das teáceas, a mesma das camélias. Enquanto estas florescem no início da primavera, os sazanka, o fazem no outono. [N.T.]
6. Arbusto da família da azálea, com flores brancas miúdas em cachos. [N.T.]

quando viajara com elas, ou então com uma delas. Talvez suas filhas, depois que se tornaram esposas e mães, não se lembrassem mais delas, mas Eguchi se lembrava muito bem e, às vezes, falava à sua esposa dessas recordações. A mãe das moças parecia não sentir tanto como o pai a ausência das filhas após o casamento e, mantendo com elas contato estreito, não dava tanto valor à viagem feita com elas antes do casamento, quando admiraram as flores. Viram também algumas outras quando a esposa não os acompanhava.

Eguchi deixou que no fundo dos olhos onde pousava a mão da garota a imagem das flores surgisse e desaparecesse, desaparecesse e surgisse, enquanto revivia aqueles dias em que, depois de as filhas se casarem, passou a sentir grande carinho por outras moças. Pareceu-lhe que essa garota era uma dessas. O velho retirou sua mão, mas a dela permanecia sobre os olhos dele. De suas três filhas, a caçula era a única que vira as camélias despetaladas do Templo. Além disso, aquela fora uma viagem de despedida cerca de quinze dias antes de ela deixar a casa dos pais, por isso a visão dessas flores era ainda mais persistente. Além do mais, a filha caçula passara por momentos muito angustiantes antes de se casar. Não somente havia dois rapazes que a disputavam, mas em meio a essa disputa ela perdera a virgindade. Era para reavivar os sentimentos da filha que Eguchi a levara àquela viagem.

Dizem que a camélia é de mau agouro porque cai inteira, como uma cabeça cortada, porém, as flores de variadas cores do pé gigante — que diziam ter quatrocentos anos — do Templo das Camélias possuíam, além de pétalas dobradas, a característica de não caírem inteiras, mas espalhadas, daí serem conhecidas como camélias despetaladas.

— Na época da queda das pétalas, chegam-se a encher, com elas, cinco ou seis cestas por dia — comentou com Eguchi a jovem esposa do pároco do Templo.

Dissera ela que, em vez de serem apreciadas quando iluminadas pelo sol, as flores do grande pé de camélia são mais belas se olhadas à contraluz. A varanda de madeira onde Eguchi e sua filha caçula se sentaram estava virada para o oeste, e o sol já se inclinara. Estavam, portanto, à contraluz, mas a camada espessa formada pelas densas folhas e pelo florescimento pleno do grande pé de camélia não deixava filtrar sua luz primaveril. Ela ficava retida no interior da ramagem, e nas bordas da sombra das camélias parecia pairar o refluxo do entardecer. O Templo das Camélias ficava no centro de um bairro popular e barulhento, e seu jardim não oferecia nada de especial além daquele pé gigante. Mas Eguchi só tinha olhos para ele. Sua atenção era totalmente atraída pelas flores e ele não ouvia o barulho da rua.

— Que floração maravilhosa, não é? — disse à filha.

A jovem esposa do pároco lhe explicara que, às vezes, quando levantavam pela manhã, encontravam as flores caídas cobrindo o chão. E deixando Eguchi e a filha ali, retirou-se. Eles não sabiam se realmente havia ou não flores de cinco cores num único pé, mas viam-se flores vermelhas, brancas e matizadas. Porém, em vez de conferir isso, Eguchi fora atraído pelo aspecto da árvore. Um pé de quatrocentos anos exibia uma profusão de flores! Os raios do sol poente penetravam por completo o interior do pé de camélia dando à ramagem a impressão de estar aquecida.

Embora não houvesse vento, as extremidades dos ramos balançavam vez ou outra.

A filha caçula não parecia tão interessada quanto Eguchi pela famosa camélia despetalada. Estava com as pálpebras sem forças, talvez ela estivesse olhando mais para dentro de si própria do que para as flores. De suas três filhas, essa era a que Eguchi mais amava. Ela também se deixava mimar, como costuma ser com a caçula da casa. Isso acontecia mais ainda depois que Eguchi casou as duas mais velhas. Estas preocupavam-se em saber se o pai pretendia manter a mais nova em casa e adotar um genro[7], questionando a mãe com uma ponta de ciúme. Eguchi soube disso pela esposa. A filha caçula crescera alegre e feliz. Aos olhos dos pais, ter numerosos amigos homens parecia imprudente, mas, quando se encontrava cercada deles, a menina parecia de fato cheia de vivacidade. Contudo, os pais, principalmente a mãe, que recebia os amigos da filha quando vinham visitá-la, sabiam que entre eles havia dois em especial dos quais a filha gostava. E um deles levara sua virgindade. Durante algum tempo, ela se tornou muito calada em casa, e mostrava-se impaciente até mesmo para trocar de roupa. A mãe logo percebeu que algo havia acontecido com a filha. Quando a interrogou em tom casual, a menina confessou tudo sem muita hesitação. O rapaz trabalhava num magazine e morava num modesto apartamento. Ao que tudo indicava, a garota aceitou o convite para ir com ele à sua casa.

— Você vai se casar com ele, então? — indagou a mãe.

---

7. No original, *mukoyoshi*. Quando numa família só há filhas, é costume na sociedade tradicional japonesa adotar o esposo da filha escolhida para ser herdeira, legando-lhe sobrenome. [N.T.]

— Não vou, não! Jamais! — a resposta da filha deixou a mãe confusa. Ela achou que o rapaz a tivesse forçado. Contou tudo para o marido e procurou aconselhar-se. Eguchi sentiu que fora danificada a joia que tinha em suas mãos, mas ficou ainda mais espantado quando soube que a filha noivara às pressas com o outro pretendente.

— O que você acha? Está tudo em ordem assim? — perguntou a esposa, aproximando-se um pouco mais dele.

— A menina contou o caso para o noivo? Confessou a ele? — a voz de Eguchi assumiu um tom áspero.

— Quanto a isso, eu não sei. Também fiquei muito surpresa... Devo perguntar a ela?

— Não.

— A maior parte da população pensa que é melhor não contar esse tipo de coisa à pessoa com quem se vai casar; é mais sensato manter segredo. Mas isso depende do caráter e da disposição da menina — continuou a mulher.

— Pode acontecer que, por manter isso em segredo, ela sofra terrivelmente.

— Em primeiro lugar, nem decidimos ainda se nós e os pais do rapaz aprovamos esse noivado.

Ser deflorada por um rapaz e ficar noiva de outro logo depois não pareceu a Eguchi uma solução natural. Sabia que ambos estavam apaixonados pela filha. Ele conhecia os dois e achava que qualquer um deles poderia se casar com ela. Não teria sido então o noivado apressado da garota uma reação ao choque que sofrera? Por causa da perturbação resultante da raiva, do ódio, do rancor, da revolta em relação a um, ela teria se inclinado ao outro, ou então, desiludida por um e sentindo-se perdida, procurado o apoio do outro?

Não é de todo impossível para uma garota como sua filha caçula deixar de amar um rapaz por tê-la forçado a praticar tal ato e passar a sentir forte atração por outro. Nem por isso poderia condenar sua atitude, certamente provocada pelo desejo de vingança ou por desespero.

Contudo, Eguchi nunca esperaria que uma coisa como essa acontecesse com sua filha mais nova. Talvez fosse assim com todos os pais. De qualquer forma, ela vivia cercada de amigos, sempre alegre e livre. Por ser de temperamento forte, Eguchi confiava plenamente nela. No entanto, pensando depois, compreendeu que não havia nada de inesperado, pelo contrário. O corpo de sua filha caçula não era diferente do de qualquer outra mulher. Era feito para ser subjugado à vontade de um homem. De súbito, veio à sua mente a imagem deselegante da filha naquela situação, e ele foi assaltado por um sentimento de humilhação e vergonha. Não sentira nada disso quando viu as duas filhas mais velhas partindo para suas viagens de lua de mel. Mesmo que aquilo tivesse sido resultante de uma explosão causada pela paixão de um homem, Eguchi teve de reconhecer a contragosto a constituição física da filha, cuja fragilidade feminina não conseguira impedir o acontecimento. Seria esta uma reflexão anormal para um pai?

Eguchi não reconheceu prontamente o noivado da filha, nem o rejeitou de imediato. Apenas muito mais tarde, ele e a esposa souberam que os dois rapazes vinham disputando a menina numa competição acirrada. Então, o pai decidiu levá-la a Kyoto. Na ocasião em que contemplavam as camélias despetaladas em plena floração, o dia do casamento já estava próximo. Do interior da ramagem do pé de camélia gigante ouvia-se um zumbido quase imperceptível. Talvez fosse um enxame de abelhas.

A garota se casou e dois anos depois teve um menino. Seu marido parecia louco pela criança. Aos domingos, quando o jovem casal ia à casa de Eguchi, enquanto a esposa preparava algo na cozinha com a mãe, o marido habilmente dava leite ao bebê. Observando isso, Eguchi concluiu que o relacionamento entre o casal seguia tranquilo. Apesar de morar em Tóquio, como eles, a menina quase nunca visitava os pais desde que se casara. Quando um dia veio sozinha, Eguchi lhe perguntou:

— Como está indo?

— Como estou indo? Bem... estou feliz — respondeu ela. A filha não falava muito sobre a vida do casal, mas, considerando seu temperamento, o pai achava que ela deveria falar mais sobre o marido. Eguchi se sentia insatisfeito e também um pouco preocupado. No entanto, como se a jovem esposa desabrochasse em flor, a filha caçula tornava-se cada vez mais bela. Mesmo que interpretasse essa mudança como uma questão fisiológica da transformação de uma garota em jovem esposa, ela não ganharia esse ar radiante como o de uma flor se pairasse alguma sombra sobre seu coração. Depois do nascimento do filho, sua pele tornara-se límpida como se todo o interior de seu corpo tivesse sido lavado, e também sua personalidade ganhara certa serenidade.

Porventura seria por isso que na casa das "belas adormecidas", enquanto a garota mantinha o braço sobre as pálpebras de Eguchi, vinha-lhe à mente a fantasia a respeito das camélias despetaladas na plenitude de sua floração? Naturalmente, nem sua filha caçula nem a garota que adormecia a seu lado tinham a exuberância daquelas camélias. Contudo, no caso do ser humano, não se pode conhecer a exuberância do corpo de uma garota somente com o olhar, nem apenas se deitando ao seu lado de maneira recatada. Não se podia compará-las, de forma alguma, com as flores de camélia. O que o braço da garota transmitia ao fundo das pálpebras de Eguchi era o vaivém da vida, seu ritmo e sedução, e isso, para o velho, era sua recuperação. Como o braço dela começou a pesar sobre seus olhos, Eguchi pegou-o com a mão e o removeu.

Não tinha onde pousar o braço. Talvez pela posição incômoda de estendê-lo ao longo do corpo de Eguchi, a garota tenha se virado levemente e ficado de frente para ele. Dobrou os braços e cruzou os dedos na frente do busto. Seus dedos então tocaram o peito do velho Eguchi. As palmas das mãos não estavam juntas, mas a forma era de oração. Parecia uma prece suave. Com as palmas das mãos, o velho envolveu as da menina, que tinha os dedos cruzados. Enquanto isso, pareceu-lhe que ele mesmo começou a sentir que orava e fechou os olhos. Seu gesto não era senão a tristeza de um velho em contato com as mãos de uma jovem adormecida.

O som da chuva noturna que começava a cair sobre o mar sereno chegou aos ouvidos do velho Eguchi. O ressoar distante não era o barulho dos carros, mas pareciam trovões de inverno soando indistintos. Ele descruzou os dedos da garota e estudou-os um a um, com exceção do polegar, esticando-os. Sentiu-se tentado a colocar na boca um dedo longo e fino e mordê-lo. Se deixasse uma marca de dente manchada de sangue em seu dedo mínimo, o que ela pensaria ao acordar de manhã? Eguchi esticou o braço da garota ao longo de seu corpo. E viu seus seios fartos, com as aréolas largas, cheias e de cor escura. Levantou-os, pois eram um pouco caídos. Não estavam quentes como o resto do corpo aquecido pelo cobertor elétrico, apenas mornos. O velho Eguchi quis pressionar sua testa contra a concavidade entre os dois volumes, mas mal aproximou o rosto, hesitou devido ao cheiro da garota. Deitou-se de bruços e tomou de uma só vez os dois comprimidos que estavam à sua cabeceira. Da outra vez, na primeira noite em que estivera naquela casa, havia tomado um comprimido apenas e, depois de acordar por causa dos pesadelos, decidiu tomar o segundo, embora soubesse que era um simples sonífero. Eguchi rapidamente mergulhou no sono.

Acordou com os soluços violentos da garota. Sua voz, que parecia de choro, transformou-se em riso. E a risada prolongou-se. Eguchi passou o braço ao redor do peito dela e sacudiu-a.

— É um sonho, é um sonho! Com o que você está sonhando?

O silêncio que se seguia às longas risadas era sinistro. Porém, o velho Eguchi sentia o efeito do remédio e mal conseguiu olhar o relógio de pulso que havia colocado à cabeceira. Eram três e meia. Ele apertou a garota contra o peito, puxando seus quadris para si, e adormeceu no seu calor.

Pela manhã, foi mais uma vez acordado pela mulher da casa.

— Senhor! Está acordado?

Eguchi não respondeu. Teria a mulher se aproximado do quarto secreto, colando o ouvido à porta de cedro? Pressentindo esse movimento sorrateiro, Eguchi sentiu um frio na espinha. A garota avançava os ombros desnudos e estendia um dos braços acima da cabeça. Talvez estivesse com calor por causa do cobertor elétrico. Eguchi puxou o acolchoado e cobriu-a.

— Senhor! Está acordado?

Também dessa vez Eguchi não respondeu e enfiou a cabeça dentro das cobertas. O bico do seio da garota tocou seu queixo. De súbito, sentindo o fogo da paixão, Eguchi enlaçou suas costas e puxou-a com as pernas.

A mulher deu três ou quatro pancadas leves na porta de cedro.

— Senhor, senhor!

— Eu já me levantei. Já vou me trocar. — Se Eguchi não tivesse respondido, certamente a mulher teria aberto a porta e entrado no quarto.

Na sala ao lado, estavam preparadas uma bacia para lavar o rosto, escova e pasta de dentes e outros utensílios. Enquanto servia a refeição matinal, a mulher lhe perguntou:

— Como foi a noite? A menina lhe agradou?

— É uma boa menina, realmente... — Eguchi concordou com a cabeça. — A que horas ela acordará?

— Bem, isso eu também gostaria de saber — fingiu a mulher.

— Não me deixaria ficar aqui até que ela acordasse?

— Oh, não. Não podemos permitir uma coisa dessas — replicou a mulher, um pouco desconcertada. — Mesmo os nossos clientes mais antigos não fazem isso.

— É que a menina é boa demais.

— Seria bem melhor deixar de lado esse sentimentalismo e se relacionar apenas com a menina adormecida, não acha?

Ela ignora completamente que se deitou com o senhor, por isso não vai haver nenhum aborrecimento no futuro.

— No entanto, eu me lembro muito bem. Se a encontrasse na rua...

— Ora. Pensa em falar com ela? Não faça isso, por favor! Será uma desgraça!

— Uma desgraça...? — Eguchi repetiu as palavras da mulher.

— Sim, senhor!

— Uma desgraça?

— Não tente uma rebeldia desse tipo, peço-lhe que a ame como uma garota adormecida.

Eguchi sentiu vontade de dizer que não era ainda um velho decrépito, mas controlou-se.

— Parece que choveu na noite passada, não?

— Choveu? Não escutei nada.

— Estou certo de que ouvi o barulho da chuva.

No mar, visto através da janela, as pequenas ondas perto da orla cintilavam ao sol matinal.

3

Quando o velho Eguchi foi pela terceira vez à casa das "belas adormecidas", tinham-se passado oito dias depois da sua segunda visita. Entre a primeira e a segunda ida havia um intervalo de cerca de quinze dias, portanto, dessa vez o intervalo diminuíra pela metade.

Teria Eguchi, aos poucos, sido enfeitiçado pelos encantos das garotas adormecidas?

— A menina desta noite é uma aprendiz e pode não satisfazê-lo, mas tenha paciência com ela, por favor — disse a mulher da casa, enquanto servia o chá.

— Outra vez uma menina diferente?

— O senhor só nos telefona pouco antes de sua chegada, por isso somos obrigados a preparar a garota que está disponível... Se o senhor deseja indicar alguém de sua preferência, gostaríamos que nos avisasse com dois ou três dias de antecedência.

— Tem razão. Mas como é essa menina que a senhora chama de aprendiz?

— É uma novata, uma menina miúda.

O velho Eguchi se espantou.

— Como ela não está acostumada, teve medo e quis ficar com uma outra, mas achamos que o senhor poderia não gostar de ficar com duas garotas.

— Duas? Para mim não teria nenhum problema. Além disso, ficam dormindo como mortas, portanto não têm por que sentir medo, não é mesmo?

— Pois é, mas essa não está acostumada. Por isso, trate-a com cuidado, por favor.

— Eu não faço nada demais.

— Estou certa disso, senhor.

— Uma aprendiz... — disse para si mesmo. Achou isso um tanto suspeito.

A mulher, como de costume, entreabriu a porta de cedro e espiou lá dentro.

— Ela dorme. Tenha a bondade — disse, e deixou a sala. O velho serviu o chá mais uma vez e se deitou no tatame, apoiando a cabeça na palma da mão. Sentiu um frio oco no coração. Aparentando desânimo, levantou-se e abriu a porta de cedro, espiando o interior da câmara secreta de veludo.

A "menina miúda" tinha o rosto miúdo. Os cabelos, desalinhados como se as tranças tivessem sido desmanchadas, espalhavam-se sobre uma das faces; com o dorso da mão ela cobria a outra face até os lábios. Talvez por isso seu rosto parecesse ainda menor. Ainda inocente, a menina dormia. O dorso de sua mão, relaxado, apenas roçava a região abaixo do olho, e os dedos encurvados cobriam a lateral do nariz até os lábios. O dedo médio, mais comprido, adiantava-se um pouco, chegando até abaixo do queixo. Era a mão esquerda. A direita repousava na borda da coberta, com os dedos ligeiramente fechados. Não usava nenhuma maquiagem para dormir. Tampouco parecia tê-la tirado antes de se deitar.

O velho Eguchi se enfiou ao lado da jovem de forma cautelosa. Cuidou para não tocar nenhuma parte de seu corpo. Ela sequer se mexeu. Seu calor, um calor distinto do cobertor elétrico, envolveu o velho. Parecia um calor imaturo e selvagem. Talvez tivesse essa sensação por causa do cheiro dos cabelos e da pele, porém não devia ser apenas por isso.

— Teria ela dezesseis anos? — perguntou Eguchi a si mesmo. Iam àquela casa os velhotes já incapazes de tratar uma mulher como tal. No entanto, Eguchi, que ia lá pela terceira vez, compreendia que dormir calmamente com uma garota como aquela seria um consolo fugaz para quem persegue os prazeres da vida que já não tem mais. Haveria algum velho que desejasse em segredo dormir um sono eterno ao lado da garota adormecida? Parecia que no corpo jovem da menina havia algo de triste que suscitava a intenção da morte no coração de um velho. Não! Eguchi era um dos mais sensíveis entre os que frequentavam o lugar, mas, certamente, a maioria deles procurava apenas sorver a juventude da garota adormecida ou se aproveitar da menina que não podia acordar.

À sua cabeceira, como sempre, havia dois comprimidos brancos. O velho Eguchi pegou um deles. Não havia nenhuma inscrição ou identificação que lhe permitisse saber o nome do remédio. Era evidente que não era o mesmo que haviam dado à garota, ou lhe injetado para dormir. Pensou na possibilidade de, da próxima vez que lá fosse, pedir à mulher da casa o mesmo remédio que as garotas tomavam. Era quase certo que não seria atendido, mas o que seria dele caso conseguisse adormecer como um morto? Dormir como um morto ao lado de uma garota que dormia como uma morta. A ideia lhe atraía.

As palavras "dormir como uma morta" trouxeram a Eguchi a recordação de uma mulher. Na primavera de três anos antes, ele a levara ao seu quarto de hotel, em Kobe. Ele a tinha trazido de um clube noturno e já era mais de meia-noite. Bebeu o uísque que havia no quarto e ofereceu-o à mulher também. Ela bebeu tanto quanto ele. O velho vestiu o *yukata*[8] do hotel para dormir, mas não havia outro para ela; assim, ela foi carregada para a cama vestida apenas com as roupas íntimas. Enquanto Eguchi, ainda indeciso, enlaçava o pescoço da mulher e acariciava suavemente suas costas, ela se ergueu e exclamou:

— Não consigo dormir vestida deste jeito! — tirou toda a roupa e jogou-a sobre a cadeira em frente ao espelho. O velho se surpreendeu um pouco, mas achou que aquele seria o costume dos brancos. Entretanto, a mulher era inesperadamente dócil.

— Ainda não? — disse Eguchi, afastando-se.

— O senhor me trapaceou, senhor Eguchi, me trapaceou — repetiu ela, mas continuou dócil. Por causa da bebida, Eguchi adormeceu logo. Na manhã seguinte, acordou com os movimentos da mulher. Diante do espelho, ela ajeitava os cabelos.

— Levantou cedo, não?

— É que tenho filhos.

— Filhos?

— Sim, dois. São pequenos ainda.

---

8. Quimono simples, de algodão ou linho, usado no verão em ocasiões informais. Hotéis japoneses costumam oferecê-lo a seus hóspedes. [N.T.]

Ela estava com pressa e foi embora antes que o velho se levantasse.

O fato de aquela mulher, de corpo esbelto e firme, ter duas crianças foi uma surpresa para o velho Eguchi. Seu corpo não aparentava isso. Os seios eram de quem nunca amamentara.

Preparando-se para sair, Eguchi abrira a mala para pegar uma camisa nova e notou que o conteúdo tinha sido arrumado. Nos dez dias que permanecera ali, havia socado o que já usara, revirado tudo para pegar algo necessário, enfiado os suvenires que ganhara ou comprara em Kobe, e assim a mala estava tão cheia e desarrumada que não conseguia mais fechá-la. Como estava aberta, podia-se ver o seu interior. A mulher devia ter notado a desordem quando o velho pegara o cigarro. Por que teria ela pensado em organizá-la? E quando o teria feito? As roupas íntimas usadas, socadas de qualquer jeito, também tinham sido dobradas cuidadosamente, o que mesmo para as mãos de uma mulher deveria ter tomado um tempo considerável. Teria sido na noite anterior, depois que Eguchi adormecera, que ela, não podendo conciliar o sono, levantou-se para arrumar a mala?

— Huum... — Eguchi contemplava o interior da mala habilmente organizada. — Com que intenção teria ela feito isso? — murmurou a si mesmo.

Ao entardecer do dia seguinte, a mulher, vestida com um quimono, apareceu no restaurante de comida japonesa, onde haviam marcado um encontro, usando um quimono.

— Usa quimono também?

— Sim, às vezes... Não fica bem para mim, não é? — sorriu encabulada. — Lá pelo meio-dia, uma amiga me telefonou e ficou espantadíssima. Perguntou-me se não haveria problema para mim.

— Contou para ela?

— Sim. Não temos segredos entre nós.

Andaram pela cidade. O velho Eguchi comprou-lhe tecidos para quimono e *obi*, depois voltaram ao hotel. Através da janela, viam as luzes dos navios atracados no porto. Beijando a mulher à janela, Eguchi fechou a veneziana e as cortinas. Mostrou-lhe a garrafa de uísque da véspera, mas ela negou com a cabeça. Esforçava-se para não se entregar por completo. Adormeceu como quem afundasse num sono profundo. Na manhã seguinte, quando Eguchi se levantou, ela acordou quase automaticamente.

— Ah! Acabei dormindo como uma morta! De fato, acabei dormindo como uma morta!

De olhos bem abertos, a mulher permaneceu imóvel. Eram olhos límpidos e úmidos.

Ela sabia que Eguchi voltaria a Tóquio naquele dia. Casara-se quando o marido, funcionário de uma empresa comercial estrangeira, trabalhava em Kobe, mas havia dois anos ele voltara para Cingapura. No mês seguinte ele viria à cidade para passar algum tempo com a esposa e os filhos. A mulher lhe contara isso na noite anterior. Até ouvir sua história, Eguchi não imaginava que aquela jovem mulher fosse casada, esposa de um estrangeiro. Conhecera-a na véspera num clube noturno, ao qual havia ido para se distrair, e fora fácil convidá-la para acompanhá-lo. Na ocasião, vira a seu lado um grupo de dois homens europeus e quatro japonesas. Uma das mulheres, de meia-idade, era conhecida de Eguchi e ele a cumprimentou. Era ela quem parecia ser o guia do grupo. Depois que os dois estrangeiros se levantaram e foram dançar, a mulher sugeriu a Eguchi dançar com a outra, mais jovem. Enquanto dançavam a segunda música, ele convidou-a para sair dali. Ela pareceu achar a ideia divertida. E como ela o acompanhara, sem mostrar preocupação alguma, fora o velho Eguchi quem sentira um pouco de nervosismo quando entraram no quarto.

Sem querer, Eguchi acabou tendo um caso com a mulher casada, mais do que isso, com a esposa japonesa de um estrangeiro. Ela era do tipo que deixava as crianças pequenas com a babá ou a empregada, passava a noite fora de casa, e não demonstrava qualquer sombra de remorso, por isso Eguchi também não tinha a sensação real de estar cometendo uma traição; no entanto, o sentimento de culpa deixara rastros em sua consciência. Contudo, a mulher dissera que dormiu como uma morta. O prazer proporcionado por aquelas palavras permanecia como os sons de uma melodia juvenil. Naquela ocasião, Eguchi tinha 64 anos, e a mulher, entre 24 e 28 anos. O velho chegara a pensar que aquela seria a última oportunidade de se relacionar com uma mulher jovem. Foram apenas duas noites, mas mesmo que tivesse sido uma só, o fato de ela ter dormido como uma morta ficara na lembrança de Eguchi, tornando-a uma mulher inesquecível. Ela lhe escreveu mais tarde, dizendo que a procurasse caso ele voltasse àquela região. Numa outra carta, cerca de um mês depois, dizia que seu marido retornara a Kobe, mas que apesar disso ela desejava vê-lo. Uma outra carta de conteúdo semelhante chegou pouco mais de um mês após a segunda. E depois cessou.

— Ah! Ela deve ter engravidado, a terceira... Com certeza

foi isso. — Eguchi falou para si mesmo, recordando a mulher, passados três anos, deitado ao lado de uma jovenzinha adormecida como uma morta. Até aquele momento, tal ideia nunca lhe tinha ocorrido. Surgira inesperadamente e Eguchi a achou estranha, porém logo sentiu que só poderia ter sido assim. Então, a mulher parou de mandar cartas por ter engravidado. Ao pensar nisso, Eguchi não podia deixar de sorrir. Recebera o marido que voltara de Cingapura e engravidara. Eguchi sentiu paz no coração, como se a mulher tivesse sido purificada da mácula de ter traído o marido com ele. Então recordou com saudade o corpo dela. Mas tal sentimento não acompanhava desejos. Aquele corpo firme, bem desenvolvido e, para ele, de curvas suaves, parecia símbolo da jovem mulher. Embora a gravidez fosse fruto de sua imaginação, Eguchi a via como um fato que não lhe dava margem a dúvidas.

— Você gosta de mim, Eguchi? — perguntou ela no quarto do hotel.

— Sim, gosto — respondeu Eguchi. — Uma pergunta que as mulheres sempre fazem.

— Mesmo assim... — ela hesitou, e interrompeu a frase.

— Não me pergunte "Do que você gosta em mim?", está bem? — brincou o velho.

— Está bem. Não vou falar mais nisso.

No entanto, ao ser indagado se gostava dela, ficou claro que ele realmente gostava. E, mesmo decorridos três anos, o velho Eguchi não esquecera que ela lhe perguntara aquilo. Teria tido ela o terceiro filho e continuado com aquele corpo de quem nunca havia engravidado? A saudade daquela mulher tornara-se ainda mais intensa em Eguchi.

O velho quase havia se esquecido da menina adormecida ao seu lado, mas quem trouxe as lembranças da mulher de Kobe foi justamente ela. Empurrado para o lado, o cotovelo da garota, que apoiava a face no dorso da mão, incomodava Eguchi, de modo que ele segurou o punho e estendeu-lhe o braço sob o acolchoado. Por causa do calor do cobertor elétrico, a garota estava descoberta até a omoplata. As curvas ingênuas e arredondadas de seus pequenos ombros estavam bem próximas, quase a tocar nos olhos de Eguchi. Essas curvas caberiam na palma da mão do velho, e ele sentiu-se tentado a apertá-las, mas se conteve. A omoplata também aparecia, pois a carne não era suficiente para escondê-la. Eguchi quis acariciá-la, mas conteve-se mais uma vez. Apenas tirou cuidadosamente os longos cabelos espalhados sobre o lado direito da face. Seu rosto adormecido, iluminado pela luz difusa do teto, refletida no carmesim do veludo das paredes, era doce. Suas sobrancelhas não eram retocadas. Os cílios eram tão compridos e uniformes que podiam ser pegos com a ponta dos dedos. O meio do lábio inferior era um pouco mais espesso. Os dentes não estavam à mostra.

Não há nada mais belo do que o rosto inocentemente adormecido de uma mulher jovem. O velho Eguchi pensava assim desde que começara a frequentar aquela casa. Não seria esse um feliz consolo deste mundo? Por mais bela que seja, a mulher não consegue esconder a idade no rosto dormente. Ainda que não fosse uma beldade, o pequeno rosto da jovem era gracioso. Talvez aquela casa selecionasse as garotas cujos rostos adormecidos fossem graciosos. Só de contemplá-lo, Eguchi sentiu que a própria vida e os afazeres do dia a dia se dissipavam suavemente. Só por poder dormir com esse pensamento, após ingerir os comprimidos, poderia, sem dúvida, considerar aquela uma noite feliz. O velho fechou os olhos calmamente e manteve-se imóvel. Já que a garota o fizera recordar a mulher de Kobe, parecia que ela poderia lhe trazer mais lembranças do passado, e Eguchi não queria se entregar ao sono.

O súbito pensamento de que a jovem esposa de Kobe devia ter engravidado logo após a volta do marido, depois de dois anos de ausência, e a certeza de que isso correspondia à verdade, lhe causaram uma sensação do inevitável que tão logo não deixaria sua mente. O que acontecera com ele, pensava, não poderia envergonhar ou macular a criança que veio ao mundo concebida pela mulher. Acreditando que ocorreram de fato essa gravidez e o nascimento, o velho sentiu uma benção divina. Uma vida jovem palpitava e se movimentava naquela mulher. Para Eguchi, era como se a sua própria velhice fosse revelada. Entretanto, por que aquela mulher, sem demonstrar receio nem remorso, teria se entregue a ele tão docilmente? O velho Eguchi não se lembrava de ter acontecido algo semelhante na sua vida beirando os setenta anos. A mulher não tinha nada que lembrasse uma prostituta ou alguém que flertava. Tanto que ele sentiu-se menos culpado por isso do que por deitar-se ao lado da menina adormecida de forma suspeita naquela casa. Na manhã seguinte, quando a mulher, revigorada e bem disposta, voltou ansiosa para a casa onde os filhos pequenos a esperavam, o velho Eguchi despediu-se dela da cama, fitando-a com simpatia. Pensou que aquele teria sido seu último encontro com uma mulher jovem, e ela se tornara memorável; mas, sem dúvida, ela também não esqueceria o velho Eguchi. Sem que tivessem mágoas profundas, e levando com eles um segredo pela vida toda, os dois jamais se esqueceriam.

Não deixara de ser surpreendente que, naquele momento, por causa da jovem aprendiz de "bela adormecida", o velho tenha se recordado com tamanha nitidez da mulher de Kobe. Eguchi voltou a abrir os olhos. Com os dedos, acariciou delicadamente os cílios da menina. Ela franziu as sobrancelhas e desviou o rosto, quando os lábios abriram de leve. A língua, colada ao maxilar inferior, estava bem encolhida, como se submergisse no fundo da boca. O meio dessa língua infantil era atravessado por uma graciosa cavidade linear. Eguchi sentiu uma tentação. Espiou dentro da boca dela. Se apertasse seu pescoço, a pequena língua faria um movimento convulsivo? O velho se lembrou de que outrora havia encontrado uma prostituta ainda mais nova do que essa garota. Eguchi não tinha inclinações desse tipo, mas ela lhe fora oferecida pela pessoa que o convidara. A menina chegara a usar sua língua fina e pontuda. Era uma língua molhada. Eguchi não viu graça naquilo. Ouviam-se os sons animados de tambores e flautas que vinham das ruas. Parecia ser um festival local. A pequena garota tinha os olhos amendoados e seu semblante revelava um temperamento forte. Como não tivesse nenhum interesse em Eguchi, que era apenas mais um cliente, ela liquidava tudo com pressa para acabar logo o serviço.

— Está havendo uma festa, não é? — perguntou Eguchi.
— E você está com vontade de ir até lá assim que puder, não?

— Como adivinhou? É, sim. Eu tinha combinado com minhas amigas, mas fui chamada para vir aqui.
— Tudo bem. — Eguchi evitou a língua fria e molhada da pequena. — Não tem problema, pode ir logo... Os tambores estão sendo tocados no santuário, não é mesmo?
— Mas a madame vai ficar brava comigo.
— Não se preocupe. Deixe que eu converso com ela depois.
— Posso mesmo? Verdade?
— Que idade você tem?
— Quatorze anos.

A garota não tinha a menor inibição para com um homem. Também não tinha nenhum complexo ou autocomiseração. Era totalmente espontânea. Mal teve o cuidado de se ajeitar e logo saiu às pressas para a festa da cidade. Eguchi ficou fumando, enquanto escutava os tambores, as flautas e os gritos dos vendedores das bancas noturnas.

Quantos anos tinha naquela época, Eguchi não conseguia recordar ao certo, mas já tinha chegado à idade em que deixava a garotinha ir para a festa sem ficar com remorsos. Não era um velho como agora. A garota dessa noite devia ser pelo menos dois ou três anos mais velha do que aquela, e possuía um corpo mais cheio e feminino. E, antes de tudo, a grande diferença entre elas era o fato de que essa estava adormecida e não despertava nunca. Mesmo que ressoassem os tambores da festa, ela não poderia ouvir.

Eguchi aguçou os ouvidos. Parecia que dos morros atrás da casa vinham ventos fracos anunciando o inverno. A respiração morna da garota chegava ao rosto do velho vinda de seus lábios entreabertos. A vaga iluminação refletida no veludo carmesim penetrava o interior da boca dela. O velho Eguchi imaginou que sua língua não era fria e molhada como a da outra menina. A tentação tornou-se mais forte. Nessa casa das "belas adormecidas", fora a primeira vez que uma garota deixava entrever a língua enquanto dormia. Não que quisesse introduzir o dedo na boca dela para tocar a língua, mas algo mais maligno agitava o sangue do velho e queimava-lhe o peito.

Porém, essa maldade, essa crueldade acompanhada de um terror violento flutuava na mente de Eguchi, sem tomar uma forma definida. Afinal, qual seria a pior maldade de um homem contra uma mulher? Por exemplo, os encontros com aquela mulher casada de Kobe e com a prostituta de quatorze anos tinham sido apenas episódios que aconteceram num momento de sua vida, e depois levados ao esquecimento. Seu próprio casamento e a criação das filhas certamente eram considerados boas ações. No entanto, o tempo, o longo tempo em que ele supervisionou e teve poder sobre a vida dessas mulheres, ou até mesmo deformado suas personalidades, poderia ser considerado um grande mal cometido. Talvez o sentimento do mal tivesse ficado anestesiado, confundido com costumes e ordens sociais.

Por certo, deitar-se ao lado de uma garota levada a adormecer também era um mal. Se a matasse, isso ficaria ainda mais claro. Talvez fosse fácil apertar-lhe o pescoço, como também sufocá-la, apertando-lhe a boca e o nariz. No entanto, a pequena dormia com a boquinha aberta, mostrando sua língua infantil. Se o velho Eguchi colocasse o dedo sobre a língua, era quase certo que ela a enrolaria como um bebê mamando. Com a mão, Eguchi pressionou o queixo e a base do nariz para fechar a boca. Mas, assim que retirou a mão, os lábios se afastaram de novo. O velho viu a juventude da garota no fato de ela ser graciosa mesmo dormindo de lábios entreabertos.

Porque a garota era jovem demais, esse pensamento maléfico tinha queimado o coração de Eguchi. Mas, entre os velhos que visitavam em segredo a casa das "belas adormecidas", havia não apenas os que lamentavam tristemente sua juventude passada, mas também alguns que lá iam para esquecer os males cometidos na vida. O velho Kiga, que apresentara aquela casa para Eguchi, naturalmente não contara nenhum segredo dos outros clientes. Por certo, o número deles não era muito grande. E não era difícil imaginar que esses velhos, do ponto de vista mundano, deviam ser vencedores na vida, e não fracassados. Contudo, devem ter conseguido alguns êxitos cometendo o mal, e preservado seus sucessos a custo de males acumulados. Então, eles não teriam paz de espírito, pelo contrário, estariam se sentindo derrotados e aterrorizados. Quando se deitavam em contato com a nudez da jovem mulher, os sentimentos que ressurgiam do fundo do seus âmagos talvez não fossem apenas o medo da morte que se aproximava ou o lamento pela juventude perdida. Talvez houvesse neles também certo arrependimento pelos pecados cometidos, ou pela infelicidade no lar, coisa muito comum nas famílias dos vencedores. Decerto os velhotes não possuíam seu Buda, diante do qual pudessem ajoelhar-se e orar. Por mais que abraçassem fortemente a bela desnuda, derramassem lágrimas frias, se desmanchassem em choro convulsivo ou berrassem, a garota nada ficaria sabendo e jamais acordaria. Os velhotes não haveriam de se envergonhar, nem ficariam com seu orgulho ferido. Estavam inteiramente livres para se arrepender e se lamentar à vontade. Consideradas dessa forma, seriam as "belas adormecidas" uma espécie de Buda? E, além de tudo, um Buda vivo? A pele e o cheiro jovem das garotas seriam, então, o perdão e o consolo desses pobres velhotes.

Ao chegar a essas conclusões, o velho Eguchi fechou calmamente os olhos. De certa forma, era um pouco estranho que, das três "belas adormecidas" que conhecera até então, a garota dessa noite, a mais nova, mais miúda e sem nenhum treinamento, lhe suscitasse, de súbito, tais pensamentos. O velho apertou-a contra si. Até então vinha evitando qualquer contato com o seu corpo. A menina foi quase toda envolta pelo corpo dele. Privada de forças, não oferecia nenhuma resistência. Era tão delgada que causava pena. Embora adormecida profundamente, talvez tivesse sentido Eguchi, e cerrou os lábios. As saliências dos ossos de seu quadril tocavam no velho.

"Que espécie de vida está reservada para essa garota? Ainda que não conseguisse o que chamamos sucesso e vitória, viria a ter uma vida tranquila?" Tais pensamentos invadiram a mente de Eguchi. Como recompensa pela virtude de ela consolar e salvar os velhotes naquela casa, desejava-lhe dali em diante um futuro feliz, mas chegou a pensar que, como nas lendas antigas, a garota talvez fosse a reencarnação de alguma forma de Buda. Há histórias de prostitutas ou cortesãs que se revelaram, na realidade, reencarnações da divindade.

Tomando suavemente nas mãos os cabelos trançados da garota, o velho Eguchi procurou alcançar a serenidade de espírito ao confessar a si próprio os seus pecados e depravações do passado. O que surgia em sua mente eram as mulheres que conheceu. E o que recordava com gratidão não era a longa ou a breve duração dos relacionamentos, a beleza ou a fealdade do rosto, a inteligência ou a obtusidade, a distinção ou a vulgaridade do caráter: não era nada disso. Era, sim, o que a mulher casada de Kobe exclamara: "Ah! Acabei dormindo como uma morta. Realmente, acabei dormindo como uma morta." Eram mulheres como ela que reagiam de imediato às suas carícias, esquecendo a reserva e enlouquecendo em gozo descontrolado. Teria isso acontecido não por maior ou menor intensidade do amor, e sim pelos atributos físicos das mulheres? "Esta garotinha, como será quando amadurecer?" Em meio a esses pensamentos, o velho percorreu as costas dela com a palma da mão. No entanto, seria impossível saber.

Na ocasião anterior, Eguchi havia pensado, ao lado da garota de aparência coquete, até que ponto, em seus 67 anos de vida, tivera real contato com a amplitude e profundidade do sexo no ser humano. E sentia que pensar nesse tipo de coisa era o próprio sinal da decrepitude. No entanto, era extraordinário que a garotinha dessa noite suscitasse nele recordações da vida sexual do passado com muito mais vivacidade. Com cuidado, encostou seus lábios nos lábios fechados da garota. Não sentiu sabor nenhum. Eram secos. Achou que era melhor assim, sem gosto. Talvez nunca mais voltasse a se encontrar com ela. Quando chegasse a época em que os lábios dessa garotinha viessem a se mover com o sabor da sexualidade, certamente Eguchi já estaria morto.

Não se sentia triste por isso. Afastando seus lábios dos da garota, o velho tocou suas sobrancelhas e cílios. Como se sentisse cócegas, ela mexeu o rosto de modo quase imperceptível e encostou a testa nos olhos do velho. Eguchi, que já estava de olhos fechados, teve de apertá-los com força.

Sob suas pálpebras surgiam imagens desconexas que logo desapareciam. Por fim, as visões tomaram formas mais definidas. Várias flechas douradas passaram por perto. Na ponta de cada uma delas estava presa uma flor de jacinto de cor violeta escuro. Na outra extremidade havia uma flor de catleia de diversas colorações. Eram lindas. No entanto, como as flechas voavam muito rápido, perguntava-se se as flores não cairiam. Sentindo-se intrigado por elas não se soltarem, abriu os olhos. Estivera cochilando.

Não havia tomado ainda o comprimido para dormir que se encontrava sobre sua cabeceira. Olhou o relógio de pulso que tinha colocado ao lado do remédio e viu que já passava de meia-noite e meia. Colocou os dois comprimidos na palma da mão, mas como nessa noite não tinha sido assaltado pelo desgosto e pela solidão da velhice, não queria adormecer. A garota dormia com a respiração tranquila. Qualquer que tenha sido o remédio ou a injeção aplicada, ela não apresentava nenhum sinal de que sofresse. Era provável que tivessem lhe dado uma quantidade maior, talvez algum tóxico leve. Eguchi sentiu vontade de mergulhar num sono profundo desses pelo menos uma vez. Silenciosamente, deixou o leito e o quarto de veludo carmesim, e passou para o quarto ao lado. Com a intenção de pedir à mulher da casa o mesmo remédio que haviam dado à garota, tocou a campainha, mas esta ficou apenas soando sem nenhuma resposta, fazendo Eguchi experimentar o frio que fazia dentro e fora da casa. Também achou pouco prudente ficar tocando a campainha dessa casa secreta por muito tempo a altas horas da noite. Como aquela era uma região de clima ameno, as folhas das árvores que deveriam cair no inverno permaneciam encarquilhadas e presas nos galhos. Apesar disso, ouvia-se os ruídos de folhas secas arrastadas no jardim pelo vento quase imperceptível. As ondas que batiam na falésia também estavam calmas. O silêncio da ausência humana fazia a casa parecer assombrada. Os ombros do velho Eguchi tremiam gelados. Ele tinha saído apenas com o *yukata* de dormir.

Quando retornou ao quarto secreto, viu que a pequena garota tinha as faces coradas. O cobertor elétrico estava com a temperatura reduzida, mas ela era jovem. O velho se encostou a ela para aquecer o seu corpo gelado. Por causa do calor, a garota avançara para fora da coberta até o peito, e expunha a ponta dos pés sobre o tatame.

— Vai se resfriar — ao dizer isso, o velho sentiu a enorme diferença de idade entre eles. Era prazeroso envolver por inteiro a miúda garota contra seu corpo.

Na manhã seguinte, enquanto recebia as atenções da mulher da casa na mesa de refeição, Eguchi disse:

— Na noite passada, não me ouviu tocar a campainha? Queria tomar o mesmo remédio que a garota toma. Queria dormir como ela.

— Isso é proibido, senhor! É perigoso para pessoas da sua idade.

— Não terei problemas, tenho o coração forte. E mesmo que não acorde nunca mais, não irei me arrepender.

— Só veio aqui três vezes, e já começaram os caprichos.

— Qual o maior capricho que eu posso pedir e que me seja concedido nesta casa?

A mulher lançou-lhe um olhar de desagrado, e um sorriso torto pairou em seus lábios.

4

Desde a manhã, o céu de inverno estava escuro, e antes de anoitecer começara a cair um chuvisco fino e gelado. Só depois de passar pelo portão da casa das "belas adormecidas" é que o velho Eguchi notou que esse chuvisco se transformara em chuva com neve. A mesma mulher de sempre fechou discretamente o portão e girou a chave. No halo da lanterna que ela carregava para iluminar os passos por onde pisavam, viam-se flocos brancos misturados com a chuva. Os flocos eram esparsos e pareciam macios. Derretiam-se logo que tocavam as lajes de pedra do caminho que conduzia ao vestíbulo.

— Tenha cuidado, por favor, as pedras estão molhadas — ela estendeu-lhe o guarda-chuva e, com a outra mão, quis segurar a dele. Parecia-lhe que a tepidez desagradável da mão de meia-idade chegava até ele através de sua luva.

— Estou firme — disse ele, livrando-se dela. — Ainda não cheguei à idade em que se precisa de amparo.

— As pedras estão escorregadias — disse a mulher. Ao redor delas, as folhas de bordo não haviam sido varridas. Algumas ficaram encrespadas e desbotadas, mas molhadas de chuva, ganharam brilho.

— Aqui vêm também velhos caducos que a senhora precisa segurar pela mão ou amparar, paralíticos de uma perna ou um braço? — perguntou o velho Eguchi à mulher.

— Não se deve perguntar sobre outros clientes.

— Mas, para esses velhos, será perigoso o inverno que acaba de começar. O que vai fazer se lhes acontecer alguma coisa, como um derrame ou ataque cardíaco?

— Se acontecer uma coisa dessas será o fim desta casa, embora para o cliente possa ser uma morte no paraíso — respondeu a mulher, indiferente.

— A senhora vai ter problemas também.

— Pois é.

"Que tipo de vida teria levado essa mulher que sequer teve alterada a expressão do rosto?", pensou ele.

Conduzido ao quarto do segundo andar, o velho Eguchi viu que tudo estava como sempre. Apenas o quadro do *tokonoma* da paisagem montanhesca com folhas em cores outonais tinha sido substituído por um de paisagem de neve. Sem dúvida, esse também devia ser uma reprodução.

Servindo habilmente o senchá de excelente qualidade, a mulher disse:

— Como sempre, o senhor nos telefona de repente. Aquelas três garotas não lhe agradaram, então?

— Pelo contrário, todas as três me agradaram até demais. Sinceramente!

— Nesse caso, podia nos avisar com pelo menos dois ou três dias de antecedência qual delas deseja... Olhe que está sendo muito volúvel.

— Chama isso de volúvel? Para com as garotas adormecidas? Elas não sabem de absolutamente nada, não é verdade? Podia ser com qualquer uma, que daria no mesmo.

— Mesmo que esteja adormecida, trata-se de uma mulher em carne e osso.

— Alguma delas pergunta quem era o cliente com quem passou a noite?

— Isso nós jamais revelaremos. É uma norma rígida desta casa, por isso o senhor pode ficar sossegado.

— Além disso, se não me falha a memória, a senhora disse uma vez que se apegar demais a uma determinada garota poderia causar inconvenientes. A respeito de "ser volúvel" nesta casa, a senhora mesma também me disse o que lhe falei há pouco, lembra? E esta noite acabamos afirmando o contrário. Que estranho! Será porque a senhora resolveu revelar sua verdadeira natureza feminina...?

Com um sorriso irônico flutuando nos cantos dos lábios finos, ela disse:

— Desde a juventude, o senhor deve ter feito muitas mulheres chorarem por sua causa, não é?

Surpreso com a mudança brusca de assunto, o velho Eguchi replicou:

— Nada disso. A senhora está brincando comigo.

— O senhor nega com muita veemência. Isso me deixa desconfiada!

— Se eu fosse quem a senhora diz, não viria a uma casa como esta. Quem vem aqui provavelmente são os senhores idosos que têm muito apego às mulheres. Por mais que se lamentem ou se debatam, não têm mais como retroceder no tempo.

— Bem. Quem sabe... — a mulher não alterou a expressão do rosto.

— Eu tinha perguntado, na última vez, qual seria o maior capricho permitido a um velho nesta casa, lembra?

— Bem. O fato de a garota estar adormecida.

— Não posso receber o mesmo remédio que ela?

— Creio já ter-lhe dito que não!

— Então, qual seria a maior maldade que um velho poderia cometer?

— Não há maldade nesta casa — disse a mulher, baixando o tom de voz jovial, como que para intimidar Eguchi.

— Não há maldade, então? — murmurou o velho.

As pupilas negras da mulher mantinham-se impassíveis.

— Se quisesse estrangulá-la, seria tão fácil quanto torcer os braços de um bebê, mas...

O velho Eguchi sentiu-se enojado.

— Mesmo que fosse estrangulada, ela não acordaria? — perguntou ele.

— Creio que não.

— Seria uma ótima companhia para um duplo suicídio.

— À vontade, se achar solitário demais suicidar-se sozinho.

— E se me sentisse solitário demais até para me suicidar?...

— Sim. Pode acontecer com os idosos — a mulher continuou impassível. — O senhor bebeu antes de vir? Diz coisas estranhas.

— Tomei uma bebida mais forte que saquê.

Desta vez a mulher lançou um olhar de esguelha para o velho Eguchi. Porém, não deu importância e disse:

— A menina de hoje é quente. Tivemos sorte de consegui-la para esta noite tão fria. Por favor, aqueça-se com ela — deixou o recinto e desceu as escadas.

Ao abrir a porta da câmara secreta, Eguchi sentiu um aroma de mulher mais intenso que de costume. A garota dormia virada para o outro lado. Não se podia dizer que roncasse, mas respirava de modo profundo. Parecia corpulenta. Ele não podia se certificar devido ao reflexo das cortinas de veludo, mas o cabelo abundante parecia meio avermelhado. Desde a orelha levemente carnuda até o pescoço grosso, a cútis parecia muito branca. Como a mulher lhe dissera, a menina parecia quente. No entanto, seu rosto não estava corado. O velho deslizou por trás dela.

— Ah! — sua voz escapou sem querer. Era realmente quente, e sua pele tão lisa que parecia colar-se nele. Estava úmida, com uma umidade fragrante. O velho Eguchi fechou os olhos e permaneceu imóvel por algum tempo. A garota também não se mexia. Era farta dos quadris para baixo. Mais do que penetrar no corpo do velho, o calor o envolvia. O peito da garota era amplo, e os seios eram largos e baixos, com os bicos estranhamente pequenos. Havia pouco, a mulher da casa dissera "estrangular", mas à lembrança disso ele se sentiu assustado ante a tentação, certamente porque fora provocado pelo contato com a pele da jovem. Se a estrangulasse, que cheiro exalaria seu corpo? Tentando se livrar das ideias malignas, Eguchi esforçou-se para imaginar o aspecto desajeitado da garota ao caminhar durante o dia. Conseguiu se acalmar um pouco. De fato, que importância teria o caminhar desajeitado da menina? Que importância teriam as pernas bem-feitas da bela figura? Para um velho de 67 anos, e, mais ainda, para a garota de uma só noite, que importava se ela era inteligente ou obtusa, se recebera uma educação refinada ou não? Nesse momento, apenas interessava o fato de que ele podia tocar nela. Além do mais, haviam-na feito dormir e nem tomava conhecimento do velho e decrépito Eguchi que tocava nela. Nada saberia também na manhã seguinte. Seria um brinquedo perfeito ou um animal de sacrifício? Eguchi estava nessa casa apenas pela quarta vez, mas à medida que suas visitas se repetiam, a sensação de inércia que tinha em seu interior tornava-se cada vez mais enraizada. Nessa noite, essa sensação estava particularmente intensa.

Essa garota também teria sido treinada para o seu ofício? Talvez já acostumada com os pobres velhotes, ela não chegou a esboçar nenhuma reação aos toques de Eguchi. Por mais desumano que seja o mundo, ele pode se tornar humano pelo hábito. Todas as depravações dissimulam-se na escuridão do mundo. Contudo, Eguchi diferia um pouco dos velhotes que iam àquela casa. Era na verdade totalmente diferente. O velho Kiga, que lhe recomendara o local, estava enganado ao pensar que Eguchi era igual a eles, pois ainda não deixara de ser homem. Era de se presumir, portanto, que talvez não sentisse na pele a verdadeira tristeza ou alegria, ou até mesmo o arrependimento e a solidão dos idosos que frequentavam o lugar. Para Eguchi não era imprescindível a garota estar adormecida de modo a não acordar em circunstância alguma.

Por exemplo, na segunda noite em que visitara a casa, Eguchi esteve a ponto de quebrar o tabu do lugar por causa da garota coquete. Mas, surpreendido ao perceber que ela era virgem, conseguiu se controlar. Desde então, jurou para si mesmo respeitar as normas da casa, ou melhor, a paz das "belas adormecidas". Jurou que jamais quebraria o sigilo dos velhotes. No entanto, qual seria a preocupação daquela casa, que parecia arranjar somente meninas virgens? Seria, talvez, para atender aos desejos desses pobres velhos? Para Eguchi, aquilo era por um lado compreensível, mas, por outro, pura bobagem.

Certamente, a garota dessa noite era sensual. Eguchi quase não podia acreditar. Apoiou-se no cotovelo e, colocando o peito sobre o ombro da garota, contemplou seu rosto. Da mesma forma que seu corpo, seu rosto também era irregular. Apresentava uma inesperada inocência. As narinas eram um pouco largas e a parte superior do nariz era baixa. As bochechas, arredondadas e amplas. O contorno dos cabelos era baixo e a testa tinha forma semelhante à do monte Fuji. Os pelos das sobrancelhas eram curtos e grossos, e sua forma, bastante comum.

— Que bonitinha você é — murmurando para si mesmo, o velho pousou sua face sobre a dela, que também era lisa. Talvez sentindo o peso no ombro, a garota virou-se, voltando o rosto para cima. Eguchi se afastou.

Ele ficou imóvel por algum tempo, de olhos cerrados, também devido ao cheiro intenso da garota. Dizem que não há nada neste mundo mais apropriado para provocar as recordações do passado que o cheiro gravado na memória, mas os cheiros das garotas não seriam doces e fortes demais? Até agora tinha recordado apenas o cheiro de leite de um bebê. Os dois cheiros eram completamente distintos, mas talvez ambos tivessem uma mesma remota origem remetendo aos fundamentos da espécie humana. Havia, desde antigamente, velhos que tentavam fazer do aroma exalado pelas donzelas um elixir de rejuvenescimento e longevidade. O cheiro dessa garota não parecia ser tão divino. Se o velho Eguchi quebrasse o tabu da casa com ela, esse perfume se transformaria em cheiro de pecado. Esses pensamentos por si só indicavam o envelhecimento de Eguchi. Não seria esse cheiro intenso, o cheiro pouco agradável da garota, a fonte do nascimento do ser humano? Parecia uma garota fácil de engravidar. Apesar de ter sido levada a adormecer profundamente, suas funções vitais não estavam paralisadas, e ela estaria programada para acordar em determinado horário do dia seguinte. Mesmo que engravidasse por acaso, tudo ocorreria sem que ela tomasse conhecimento. O que aconteceria se o velho Eguchi, que já passava dos 67 anos, deixasse neste mundo uma criança concebida nessas circunstâncias? Parece que o responsável por conduzir o homem ao "mundo da perdição" era o corpo feminino.

Sucede que a garota não tinha qualquer possibilidade de defesa, para o bem dos velhos clientes, dos pobres velhotes. Não tinha um fio de linha que lhe cobrisse o corpo e não acordaria em circunstância alguma. Sentindo-se miserável, Eguchi achou que ele próprio estava enfermo espiritualmente, e surpreendeu-se murmurando para si mesmo:

— Aos velhos, a morte, aos jovens, o amor; a morte, uma única vez, o amor, infinitas vezes.

Eram pensamentos inesperados, mas isso o acalmou. De qualquer forma, não estava muito agitado. Ouvia-se, lá fora, o ruído imperceptível da chuva misturada com a neve do início de inverno. O barulho do mar parecia ter desaparecido.

O velho imaginava o mar imenso e escuro sobre o qual as gotas de chuva congeladas caíam e derretiam. Um enorme pássaro semelhante ao condor volteava rente às ondas, carregando no bico algo gotejando sangue. Não seria um bebê humano?! Não podia ser verdade! E, se não fosse verdade, devia ser então um fantasma da depravação humana! Eguchi sacudiu levemente a cabeça sobre o travesseiro para dissipar a visão.

— Ah, que calor! — disse o velho. Não era apenas por causa do cobertor elétrico. A garota tinha empurrado sua coberta para baixo, e exibia metade do seu peito farto e amplo, embora um tanto pobre em relevo. O veludo carmesim das cortinas refletia-se suavemente na alvura de sua pele. Enquanto admirava o belo peito da garota, o velho tocava com um dedo a linha desenhada pelo cabelo na testa em forma de monte Fuji. Desde que se virara com o rosto para cima, ela continuava com a respiração tranquila, longa e profunda. Como seriam os dentes por trás dos pequenos lábios? Eguchi puxou com os dedos o meio do lábio inferior para espiar. Eram dentes miúdos e uniformes, embora não tão miúdos para seus lábios pequenos. Quando o velho soltou os dedos, os lábios não tornaram a se fechar como antes. Deixavam entrever os dentes. O velho Eguchi limpou os dedos manchados de batom vermelho no lóbulo espesso da orelha da garota e esfregou as manchas que restaram em seu pescoço espesso. Eram graciosos os riscos vermelhos quase imperceptíveis no branco do pescoço dela.

"Será também virgem?", pensou Eguchi. Por ter desconfiado daquela garota na segunda noite na casa, por ter se surpreendido pela própria mesquinhez e dela ter se arrependido, não sentia a menor vontade de examinar a garota dessa noite.

De qualquer forma, que importância teria isso para o velho Eguchi? Não, não seria necessariamente assim. Ao começar a se dar conta disso, sentiu que ouvia dentro de si uma voz que escarnecia dele.

— Quem está zombando de mim? O demônio?

— Isso que você chama demônio não é uma coisa tão acessível. É somente você, que nem conseguiu morrer dignamente, que pensa de forma exagerada a respeito do próprio sentimentalismo ou aspiração.

— Não. Estou apenas tentando pensar a favor dos velhos mais miseráveis que eu.

— Quê? O que diz, depravado? Quem joga as próprias responsabilidades sobre os outros não é digno de ser chamado de depravado!

— Eu, depravado? Admitamos que sim! Mas por que uma virgem é pura e uma garota não virgem não o é? Eu não espero encontrar uma virgem nesta casa.

— Porque você ainda não sabe qual é o real desejo de um velho decrépito de verdade. Não volte nunca mais! Mesmo que em uma chance em dez mil, a garota acordasse a altas horas da noite, não acha que há pouca chance de o velho se envergonhar?

Na mente de Eguchi, ia e vinha tal diálogo consigo mesmo. Mas era óbvio que não conseguiriam fazer adormecer apenas meninas virgens para sempre. O velho Eguchi estava naquela casa somente pela quarta vez, mas achava estranho encontrar ali apenas virgens. Seria realmente por causa dos pedidos e dos desejos dos velhotes?

Pensar em algo como "se a garota acordasse" provocou Eguchi. Qual a intensidade e que tipo de estímulo seria necessário para a garota acordar, mesmo que se mantivesse em estado de torpor? Por exemplo, se lhe cortassem o braço, ou golpeassem profundamente seu peito ou ventre com um punhal, por certo não poderia continuar dormindo.

— Estou mesmo me transformando num vilão — murmurou para si mesmo. A impotência, como a dos velhotes frequentadores daquela casa, aguardava Eguchi sem dúvida num futuro não muito distante. A ideia da brutalidade se intensificava nele: destrua esta casa, arruíne sua própria vida! Contudo, esses pensamentos vinham-lhe não porque a garota estivesse longe de ser uma beldade, mas porque sendo meramente graciosa, suscitava simpatia ao expor o peito branco e amplo. Eles eram, pelo contrário, a manifestação do sentimento de contrição. Também há contrição numa vida com fim covarde. Pode ser que não tivesse nem a coragem da filha caçula, que tinha contemplado com ele as camélias despetaladas do Templo das Camélias. O velho Eguchi fechou os olhos.

Na sebe aparada que se estendia ao longo do caminho de pedras naturais, duas borboletas esvoaçavam no jardim. Ora se escondiam entre a sebe, ora quase tocavam uma na outra, divertindo-se. As duas dançavam ligeiras, entrecruzando-se no ar, quando surgiu uma, e depois outra no meio das folhas aparadas. "São dois casais", pensou Eguchi, quando surgiu uma quinta, e todas esvoaçavam desordenadamente. Começaria uma disputa? Enquanto as observava, muitas outras iam aparecendo, e em pouco tempo, o jardim transformou-se no palco de um bailado ininterrupto de borboletas brancas. Nenhuma delas elevava-se muito alto. E as extremidades dos ramos de um bordo que pendiam abertas balançavam na brisa imperceptível. Embora suas pontas fossem delicadas, suas folhas longas eram sensíveis ao vento. Os bandos de borboletas alvas se multiplicavam como se formassem um campo de florzinhas brancas. Por nela aparecerem somente os pés de bordo, poderia essa fantasia ter relação com a casa das "belas adormecidas"? As folhas de bordo imaginárias eram ora amarelas ora vermelhas, fazendo sobressair ainda mais o branco dos bandos de borboletas. No entanto, toda a folhagem dos bordos da casa já havia caído; era possível haver algumas folhas encarquilhadas ainda presas nos galhos. Nesse momento caía neve misturada com chuva.

Eguchi havia esquecido completamente o frio da neve lá fora. Será que essa ilusão da dança das borboletas brancas se devia à garota ao lado, que lhe permitia contemplar seu peito amplo e branco? Teria essa garota algum poder de expulsar os pensamentos perversos de um velho? Eguchi abriu os olhos. Contemplou os mamilos pequenos e rosados dos seios amplos. Era como se simbolizassem a bondade. Apoiou o rosto sobre o peito dela. Parecia que o calor vinha-lhe aquecer o fundo das pálpebras. Veio-lhe a vontade de deixar sua marca naquela garota. Se quebrasse o tabu da casa, a menina, sem dúvida, sofreria quando acordasse. Deixou algumas marcas de sangue no peito dela, e estremeceu temeroso.

— Vai ficar com frio — comentou Eguchi, e puxou a coberta para cima dela. Sem hesitar, tomou os dois comprimidos que estavam, como sempre, junto ao travesseiro.

— Você é pesada mesmo, mais cheia da cintura para baixo — dizendo isso, envolveu a garota em seus braços e a virou para o seu lado.

Na manhã seguinte, o velho Eguchi foi acordado duas vezes pela mulher da casa. Da primeira vez, ela bateu de leve na porta de cedro e o chamou.

— Senhor! Já são nove horas.
— Ah, já estou acordado. Vou me levantar. A sala aí está fria?
— Não, está aquecida. Ligamos a estufa desde cedo.
— E a neve?
— Já parou. Embora o tempo esteja nublado.
— Ah, sim.
— A sua refeição matinal está pronta há algum tempo.
— Está bem — respondendo preguiçosamente, o velho voltou a fechar os olhos em deleite. Encostando-se na exuberante pele da garota, disse: — O diabo do inferno me chama.

Quando a mulher veio chamá-lo pela segunda vez, dez minutos não haviam passado.

— Senhor! — ela batia na porta com mais força. — O senhor adormeceu de novo? — a voz soava áspera.
— Entre, a porta não está trancada — disse Eguchi. A mulher entrou. O velho se levantou, movendo-se lentamente. A mulher ajudou o desatento Eguchi a se vestir, e até calçou-lhe as meias nos pés, mas fazia isso com visível má vontade. Passando à sala ao lado, serviu o chá com a mesma habilidade de sempre. No entanto, enquanto o velho Eguchi o saboreava, sorvendo com lentidão, a mulher lhe dirigiu um olhar frio e desconfiado.

— Parece que a menina desta noite lhe agradou muito.
— Ah, sim.
— Que bom. Teve sonhos agradáveis?

— Sonhos? Nem tive sonhos. Dormi profundamente. Fazia tempo que não dormia tão bem de fato. — Eguchi não disfarçou um bocejo. — Ainda não estou bem acordado.

— O senhor devia estar muito cansado.

— Acho que foi por causa da menina. Ela tem muitos clientes?

A mulher fechou o semblante e abaixou a cabeça.

— Tenho um pedido especial para a senhora — disse Eguchi num tom formal. — Depois do desjejum, não poderia me dar mais daquele comprimido? Eu lhe suplico. Pago pelo seu serviço. Não faço ideia de quando a menina vai acordar, mas...

— Impossível! — o rosto escuro da mulher tornou-se cor de terra. Ela enrijeceu os ombros e disse com veemência: — Que loucura está me dizendo? Tudo tem limite!

— Limite? — Eguchi tentou rir, mas não conseguia.

A mulher levantou-se imediatamente e entrou no quarto contíguo. Talvez suspeitasse que Eguchi tivesse feito algo à garota.

5

Já haviam se passado as festividades do ano-novo, e o estrondo do mar de ondas revoltas era de pleno inverno. Na terra, o vento quase não se fazia sentir.

— Vejam só! Numa noite tão fria... Seja bem-vindo... — a mulher da casa das "belas adormecidas" abriu o cadeado do portão para recebê-lo.

— Vim porque sentia frio — disse Eguchi. — Numa noite tão fria, se pudesse me aquecer no calor de um corpo jovem e morrer de repente seria a suprema felicidade para este velho.

— Não seja desagradável!

— Gente velha coteja a morte!

A sala do andar superior estava aquecida com a estufa. Como de costume, a mulher serviu o senchá de excelente qualidade.

— Estou sentindo uma corrente de ar.

Ao comentário de Eguchi, a mulher respondeu:

— Como? — e olhou ao redor. — Não há fresta nenhuma que deixe passar o vento.

— Não seria a alma de algum morto que está aqui?

Visivelmente assustada, a mulher olhou para o velho. Seu rosto perdeu a cor.

— Sirva-me mais uma tigela cheia. Não precisa esfriar, ponha assim fervendo mesmo — disse ele.

Enquanto atendia o pedido, a mulher disse com frieza:
— O senhor ouviu algum comentário?
— Bem, talvez.
— Oh! O senhor ouviu e veio assim mesmo? — deduzindo que Eguchi sabia do ocorrido, a mulher não se esforçou para escondê-lo, porém assumiu uma expressão francamente desagradável.

— Agradeço por ter vindo, mas peço-lhe que se retire, por favor!

— Já que vim sabendo de tudo, não há nenhum problema.

Podia ser considerada um riso diabólico a risada abafada que ela dera?

— Era esperado que acontecesse algo desse tipo. O inverno é perigoso para os velhos... Por que não fecha a casa, pelo menos na época do frio?

— ...

— Não imagino que espécie de idosos vêm a esta casa, mas se acontecer uma segunda ou uma terceira morte a senhora também não sairá incólume.

— É melhor dizer tudo isso para o meu patrão! Que culpa tenho eu? — o rosto da mulher ficou ainda mais pálido.

— Culpa, tem. Não transportaram o cadáver do velho para uma hospedaria de águas termais próxima? Secretamente, na calada da noite?... Por certo, a senhora ajudou a fazê-lo.

Como se segurasse os joelhos com as mãos, a mulher ficou rígida.

— Foi para manter a honra daquele velho senhor! — refutou ela.

— Honra? Os mortos também têm honra? O certo é que vocês têm que manter as aparências. Talvez mais pelos familiares do que pelo velho que morreu. Tudo não passa de futilidade, mas... Essas tais termas e esta casa pertencem ao mesmo proprietário?

A mulher não respondeu.

— Os jornais não revelaram que o velho foi encontrado morto nesta casa, ao lado de uma garota nua? Se eu fosse ele, preferiria que não me levassem lá para fora, mas que me deixassem como estivesse, pois me sentiria mais feliz.

— Tinham de fazer autópsia e investigações e, como os serviços desta casa são um pouco fora do comum, isso poderia causar aborrecimentos para nossos clientes. Tem as meninas que atendem também...

— A garota continuou dormindo sem saber que o velho havia morrido? Mesmo que o moribundo tivesse se debatido um pouco, ela não tinha como acordar, não é mesmo?

— Sim, quanto a isso... Mas, se deixássemos vir a público que o velho senhor faleceu aqui, então teríamos de esconder a garota em algum lugar. E assim mesmo, acabariam descobrindo de alguma forma que havia uma mulher com ele.

— Então a garota não ficou junto a ele?

— É evidente que não, senão acabaria sendo acusada de algum crime.

— A garota não acordaria, mesmo que o velho morresse e ficasse gelado?

— Não.

— Ela não sabia de jeito nenhum que o velho morrera a seu lado? — Eguchi repetiu as mesmas palavras. Por quanto tempo, desde que o velho morrera, a garota profundamente adormecida continuara quente, deitada ao lado do frio cadáver? Sequer tomou conhecimento quando o corpo foi levado... Eu não sofro de pressão alta, nem do coração, mas se algo me acontecer, faça o favor de não me levar para nenhuma hospedaria de águas termais. Deixe-me me ficar junto da garota.

— Isso é um absurdo! — disse a mulher apressadamente.
— Devo pedir que se retire se insitir em dizer tais coisas.
— Estava só brincando — riu o velho Eguchi. Como dissera à mulher, não acreditava que uma morte súbita lhe ocorresse tão cedo.

De qualquer forma, os anúncios fúnebres nos jornais do velho que morrera naquela casa diziam apenas "morte súbita". Eguchi foi ao funeral, onde encontrou o velho Kiga, que lhe sussurrara ao ouvido os pormenores do acontecimento. Morrera devido a uma angina no peito.

— Esse não é o tipo de hospedaria para uma pessoa de seu nível e, além do mais, ele costumava se hospedar em outra — contou-lhe o velho Kiga. — Diante disso, há rumores de que o diretor Fukura teve "uma morte feliz". É claro que essas pessoas não sabem a verdade.

— Hum.

— Podia até ser uma pseudoeutanásia. Deve ter sofrido mais do que o normal. Como eu tinha bastante intimidade com ele, imediatamente desconfiei e comecei a investigar. Mas não contei a ninguém. Nem os familiares do falecido sabem. Aqueles anúncios fúnebres eram curiosos, não achou?

Dois anúncios apareceram lado a lado num jornal. O primeiro era do filho herdeiro e da viúva de Fukura. O outro era da empresa dele.

— Fukura era assim. — Kiga fez gestos, imitando o pescoço largo, o peito cheio e, principalmente, o ventre saliente.

— É bom que você também se cuide.

— Quanto a mim, não é preciso esse tipo de preocupação.

— De qualquer modo, transportaram aquele corpo enorme, a altas horas da noite, até a hospedaria de águas termais.

Quem o teria transportado? É óbvio que usaram um carro, mas a cena pareceu um tanto sinistra ao velho Eguchi.

— Desta vez ficou tudo no sigilo. Mas, acontecendo novamente uma coisa como essa, tenho a impressão de que aquela casa não vai durar muito tempo — lhe sussurrara o velho Kiga no salão, durante o funeral.

— Concordo com você — respondeu Eguchi.

Nessa noite também, acreditando que Eguchi estava a par do caso do velho Fukura, a mulher não tentou esconder nada, mas mantinha-se cautelosa e evitava os detalhes.

— A garota realmente não sentiu nada? — ele lançou-lhe novamente essa pergunta maldosa.

— Não tinha como saber. No entanto, o cliente parece ter sofrido um pouco, pois deixou alguns arranhões no pescoço e no peito da menina. Como ela não entendeu por que isso acontecera, ao acordar no dia seguinte disse que o velho havia sido horrível com ela.

— Velho horrível? Mesmo em agonia na hora da morte?

— Não chegaram a ser ferimentos. Só umas manchas de sangue aqui e ali, e marcas vermelhas um pouco inchadas...

A mulher parecia disposta a contar tudo ao velho Eguchi. No entanto, ele perdera o interesse em ouvir. Fukura deve ter sido um velho propenso a sofrer uma morte súbita algum dia, em algum lugar. Pode ter sido uma morte feliz. Contudo, o fato de terem transportado um enorme cadáver para uma hospedaria de águas termais continuava a estimular a imaginação de Eguchi, que disse:

— A morte de um velho decrépito é uma coisa horrorosa. Se bem que beirou um final feliz, mas... Não! Estou certo de que esse velho foi parar num mundo demoníaco.

— ...

— A garota em questão é uma das minhas conhecidas?

— Não posso lhe responder.

— Ah, não?

— Como ela ficou com as marcas vermelhas de arranhões do pescoço ao peito, nós a deixamos descansar até que se cure por completo...

— Pode me servir mais um chá? Fiquei com sede.

— Pois não. Vou trocar as folhas.

— Com um incidente desse tipo, mesmo que conseguissem abafar tudo por completo, esta casa não duraria muito tempo, não é? A senhora não acha também assim?

— O senhor acha? — disse a mulher vagarosamente, sem levantar o rosto, enquanto preparava o senchá. — Numa noite como esta, pode ser que apareçam fantasmas.

— Eu gostaria de conversar íntima e demoradamente com um deles.

— Sobre que assunto?

— Sobre a lamentável velhice dos homens.

— Eu falava só por brincadeira.

O velho sorveu o saboroso chá.

— Sei que era brincadeira, mas também há fantasmas dentro de mim. Há dentro da senhora, também — o velho Eguchi estendeu a mão direita e apontou a mulher.

— Como soube que o velho morrera? — perguntou ele.
— Ouvi gemidos estranhos e subi para ver o que estava acontecendo. Já estava com o pulso e a respiração parados.
— E a garota não sentiu nada — tornou o velho a repetir.
— Nós a preparamos para não acordar com pequenas agitações.
— Pequenas agitações? Ela nem sentiu que o cadáver do velho foi retirado?
— Não.
— Nesse caso, o mais impressionante é a garota!
— Não tem nada de impressionante. Em vez de dizer insanidades, passe logo para o quarto ao lado, por favor! Alguma vez, até agora, achou impressionantes as meninas adormecidas?
— O fato de as garotas serem jovens talvez seja impressionante para nós, os velhos.
— As coisas que o senhor diz... — esboçando um sorriso irônico, a mulher se levantou e abriu um pouco a porta de cedro que conduzia ao quarto vizinho.
— Dormem bem e o aguardam. Tenha a bondade... aqui está a chave — retirou a chave da faixa da cintura e a entregou ao velho.
— Ah, já ia me esquecendo. Nesta noite, são duas garotas.
— Duas?
O velho Eguchi se espantou, mas considerou que talvez fosse porque a notícia da morte súbita do velho Fukura tivesse se espalhado entre elas.
— Por favor! — a mulher se levantou e retirou-se.
Eguchi já tinha perdido algo da curiosidade e da vergonha da primeira vez, mas surpreendeu-se um pouco ao abrir a porta de cedro.

Seria essa também uma aprendiz? Mas ela parecia uma criatura selvagem, bem diferente da "garota miúda" da outra noite. E seu aspecto quase fez Eguchi esquecer a morte do velho Fukura. Havia dois leitos lado a lado e ela estava deitada no mais próximo da porta. Era provável que por não estar acostumada ao cobertor elétrico, tão próprio de gente idosa, ou por seu organismo manter um calor natural a ponto de nem sentir a friagem de uma noite de inverno, a garota empurrara a coberta até abaixo do peito. Dormia totalmente esparramada, deitada de costas, com os braços largados à vontade. As aréolas dos seios eram largas, de um negro violáceo. Sob a luz vinda do teto e refletida no carmesim do veludo, não era bela a cor delas. Tampouco a cor da pele do pescoço até o peito podia ser considerada bonita. No entanto, reluzia escura. Um odor desprendia-se das axilas.

— É a própria vida — murmurou Eguchi. Uma garota como essa insuflava a vitalidade em um velho de 67 anos. Eguchi teve dúvidas se ela era japonesa. Apesar dos seios amplos, os bicos não eram protuberantes, sinal de que sequer tinha vinte anos. Não era gorda, mas tinha o corpo rijo e bem formado.

— Hum! — Eguchi pegou-lhe a mão para examinar. Os dedos eram longos e as unhas também. Sem dúvida, tinha os membros longos como as garotas modernas. Que tipo de voz teria ela e de que modo falaria? Eguchi gostava da voz de algumas atrizes de rádio e de televisão e, às vezes, quando elas apareciam, fechava os olhos, apenas as escutava falar. O velho sentiu vontade de ouvir a garota adormecida. Já que ela não acordava de forma alguma, não teria por que falar de forma inteligível. Teria algum meio de fazê-la falar dormindo? Se bem que a voz se altera quando se fala dormindo. Por outro lado, mulheres são capazes de usar diferentes vozes, mas parecia que essa menina usava sempre a mesma. Seu jeito deselegante de dormir revelava que era uma garota sem afetação.

O velho Eguchi sentou-se ali, brincando com as longas unhas dela. Eram as unhas tão duras assim? Seria porque eram sadias e jovens? A cor do sangue que corria por baixo delas era cheia de vitalidade. Não havia reparado até então que a garota usava uma corrente de ouro, fina como um fio, em volta do pescoço. O velho teve vontade de sorrir. Além disso, numa noite tão fria quanto aquela, ela dormia descoberta até quase a cintura, e o alto da fronte, junto dos cabelos, parecia úmido de suor. Eguchi tirou um lenço do bolso e enxugou-a. Um forte odor impregnou o lenço. Enxugou também as axilas. Como não podia levar para casa um lenço assim, amassou-o e jogou-o num canto do quarto.

— Você está usando batom — murmurou. Era muito natural que o usasse, mas nessa garota até o batom provocara um sorriso no velho Eguchi, que a observou um pouco mais atentamente.

— Teria feito a cirurgia de lábio leporino?

Foi buscar o lenço que atirara a um canto e o passou na boca da garota. Viu que não era uma cicatriz cirúrgica. O meio do lábio superior estava virado para cima, com uma bonita linha de contorno que lembrava o formato do monte Fuji. Isso era inesperadamente encantador!

O velho Eguchi recordou-se, subitamente, de um beijo que dera havia mais de quarenta anos. Estava em pé diante da jovem, pousando de leve a mão no seu ombro. De repente, aproximou os lábios. Ela virou o rosto para a direita e para a esquerda, de modo a evitá-lo.

— Oh, não, não. Eu não fiz isso!

— Fez sim.

— Não fiz!

Eguchi passou o lenço na boca e mostrou-lhe a leve mancha vermelha que ficara.

— Como não fez, olhe isto...

Ela pegou o lenço, olhou e, sem dizer nada, o enfiou dentro da bolsa.

— Eu não fiz — ela abaixou a cabeça, com lágrimas nos olhos, e não disse mais nada. Depois disso, não se encontraram mais. O que teria ela feito com aquele lenço? Mais que o lenço: passados quarenta e tantos anos, estaria aquela garota ainda viva?

Por quanto tempo, até observar a bonita forma elevada do lábio superior da menina adormecida, Eguchi estivera esquecido daquela garota do passado? Se deixasse o lenço na cabeceira da cama da menina, ao acordar ela veria as manchas, notaria que a própria boca estava sem batom e, assim, pensaria que lhe fora roubado um beijo. Era óbvio que naquela casa o cliente tinha a liberdade de beijar as garotas. Não devia haver nenhuma proibição quanto a isso. Por mais decrépito que seja, um velho consegue beijar. No entanto, a garota não pode evitar, nem tomar conhecimento, nunca. Os lábios adormecidos podem ser frios e insípidos. Os lábios da amada morta não suscitariam um arrepio de paixão mais intenso do que os desta? Ao pensar na miséria da velhice dos clientes daquela casa, Eguchi não sentiu a menor vontade de beijá-la.

Contudo, a forma incomum da boca dessa garota seduzia ligeiramente o velho Eguchi. Encantado com o insólito de sua forma, tocou de leve, com a ponta do dedo mínimo, o meio de seu lábio superior. Estava seco. A pele parecia grossa. Então, ela começou a lamber os lábios e não parou enquanto não ficaram umedecidos. Eguchi retirou o dedo.

"A menina beija enquanto dorme?"

Porém, o velho apenas acariciou-lhe os cabelos perto das orelhas. Eram grossos e duros. Depois se levantou e trocou de roupa.

— Por mais forte que seja, assim você vai apanhar um resfriado — Eguchi pegou os braços da garota, colocou-os de volta ao leito e puxou a coberta até cobrir-lhe o peito. Depois, deitou-se rente a ela. A garota virou-se para o lado e balbuciou:

— Uh! — esticando os braços para a frente. O velho foi empurrado para fora do leito sem mais nem menos. Ele achou tanta graça que não conseguia parar de rir.

— Está bem. Que aprendiz valente!

Em estado de sono profundo, a garota, que não acordava em hipótese alguma, tinha o corpo entorpecido, por isso ele poderia fazer tudo que quisesse, mas o velho Eguchi já não tinha vigor suficiente para tomá-la à força. Ou talvez esquecera isso há muito tempo. Acostumou-se a se introduzir inicialmente com a doce sensualidade e a suave aceitação da mulher. Introduzir-se a partir da intimidade sentida por ela. Tinha perdido o hábito de se lançar ao embate, com a respiração ofegante. Nesse momento, empurrado para fora do leito pela garota adormecida, o velho teve que rir. Então, recordando os tempos idos, disse para si mesmo:

— É, realmente, estou velho. — A verdade é que não estava ainda qualificado para ir àquela casa, como os velhotes que a frequentavam. No entanto, talvez ele mesmo não tivesse por muito tempo o pouco de masculinidade que ainda possuía. Pensava assim mais seriamente que de costume, sem dúvida por causa da tez escura e reluzente da menina.

Tratar com brutalidade uma garota como essa poderia despertar nele o vigor da juventude. De certa forma, Eguchi já estava um pouco entediado com a casa das "belas adormecidas". Apesar disso, suas visitas se tornavam mais frequentes. Tratar a garota com violência, quebrar o tabu da casa, destruir o miserável elixir dos velhotes e, dessa forma, afastar-se em definitivo desse lugar; labaredas de sangue quente impeliam Eguchi. No entanto, não havia necessidade de violência ou força. Era certo que o corpo adormecido da garota não ofereceria resistência. Certamente, seria fácil estrangulá-la e matá-la. Mas a tensão desapareceu de súbito, e Eguchi sentiu apenas um vazio sem fim ampliar-se no seu âmago. Não muito distante, ouvia-se o estrondo das grandes ondas do mar, pois não havia vento em terra. O velho imaginou a profundidade do mar sem luz em noite escura. Apoiou-se no cotovelo e aproximou o rosto da face da garota. Ela respirava pesadamente. Desistiu de beijar sua boca e deixou-se cair.

Empurrado para fora do leito pelos braços da garota de pele escura, o velho Eguchi ficou com o peito para fora da coberta. Resolveu acomodar-se ao lado da segunda garota. Ela, que estava de costas, voltou-se para ele. Apesar de adormecida, demonstrava uma suave e doce sensualidade ao recebê-lo. Pousou uma das mãos sobre o quadril do velho.

— É uma excelente combinação. — Brincando com os dedos da menina, ele fechou os olhos. Os dedos de ossos finos dobravam-se com facilidade e parecia até que era possível torcê-los sem que quebrassem. Eguchi teve vontade de colocá-los na boca. Os seios eram pequenos, mas redondos e firmes, e cabiam inteiramente na palma da sua mão. As curvas das ancas tinham a mesma forma. "A mulher é infinita." Ao pensar nisso, o velho sentiu certa tristeza e abriu os olhos. A garota tinha o pescoço longo, também esguio e belo. Apesar disso, não lhe pareceu que fosse do gosto clássico japonês. As pálpebras fechadas tinham marcas de dobras pouco acentuadas. Se abrisse os olhos, talvez apresentasse as pálpebras lisas.[9] Ou, talvez, as tivesse ora lisas ora dobradas. Podia também ter um olho com pálpebra lisa e outro, dobrada. Por causa do reflexo do veludo das quatro paredes, Eguchi não conseguia ver ao certo a cor da sua pele, mas o rosto era um pouco trigueiro, o pescoço branco, sua base um pouco morena e os seios alvíssimos.

Já sabia que a garota escura e reluzente era alta, e a outra também parecia quase da mesma altura. Eguchi tentou investigá-las com a ponta dos pés. O que encontrou primeiro foi a planta do pé de pele grossa da garota escura. Além de grossa, a pele era oleosa. O velho afastou seu pé rapidamente, mas sentia-se tentado. Não teria sido essa garota escura a companheira do velho Fukura, quando ele morrera de ataque de angina do peito? Esse pensamento perpassou-lhe a mente como um relâmpago.

---

9. No original, *hitokawame*: pálpebras lisas e sem dobras, típicas do povo oriental. Há também *futakawame*, com a marca de uma dobra. Há pessoas com uma pálpebra *hitokawame* e outra *futakawame*. [N.T.]

Contudo, não devia ter sido assim. Ao debater-se em agonia, o velho Fukura deixara na garota arranhões que iam do pescoço ao peito, e ela precisou ficar afastada até que as marcas desaparecessem. Foi o que acabara de ouvir da mulher da casa. Com a ponta do pé, voltou a tocar a planta do pé de pele grossa da garota e foi subindo às apalpadelas por sua tez escura.

Sentia um estremecimento que parecia dizer: "Faça nascer em mim a força mágica da vida!" A garota atirou fora a colcha — ou melhor, o cobertor elétrico que estava por baixo da colcha. Pôs uma perna para fora, esticando-a. Sentindo a tentação de empurrá-la sobre o tatame gélido de inverno, o velho contemplou-lhe o peito e o ventre. Encostou o ouvido em seu coração e perscrutou os batimentos. Esperava ouvi-los altos e fortes, mas eram inesperadamente fracos e graciosos. Além disso, pareciam um pouco irregulares. Talvez por causa da audição incerta do velho.

— Vai apanhar um resfriado. — Eguchi cobriu o corpo da garota e desligou o cobertor elétrico do lado dela. Começou a perceber que a força mágica da vida de uma mulher não era pouca coisa. O que aconteceria se lhe apertasse o pescoço? Coisa frágil! Seria fácil até para um velho. Com o lenço, limpou o lado da face que tinha encostado no peito dela. Parecia que o óleo de sua pele tinha passado para ele. Permaneciam também os ruídos das batidas do coração no fundo de seu ouvido. O velho colocou a mão sobre o próprio coração. Talvez, por ter sido ele próprio a examiná-lo, sentiu que tinha batidas mais fortes.

Eguchi virou as costas para a garota escura e voltou-se para a outra, a delicada. Seu nariz bem-feito pareceu ainda mais elegante diante da vista enfraquecida pela idade. O pescoço fino, belo e longo era um convite para que introduzisse o braço por debaixo, envolvesse-o e o puxasse para si. À medida que movia o pescoço suavemente, ela exalava um aroma doce. E seu perfume se misturava com o cheiro forte e selvagem da garota escura que estava às suas costas. O velho encostou-se à mais clara, cuja respiração ficou curta e acelerada. No entanto, não tinha receio de que ela acordasse, e continuou nessa posição por algum tempo.

— Peço-lhe perdão? Será a última mulher de minha vida...

A garota escura às suas costas o impelia. A mão do velho procurou-a tateante. Sentiu algo parecido com o seio dela.

— Acalme-se! Ouça as ondas de inverno e acalme-se! — Esforçou-se Eguchi para dominar o coração.

"A garota foi adormecida como se tivesse sido anestesiada. Deram-lhe algum veneno ou droga forte. Para quê? Por causa de dinheiro!"

Por mais que pensasse assim, o velho hesitava. Mesmo sabendo que cada mulher é diferente das outras, essa seria tão diferente que valeria a pena causar-lhe tristeza e angústia para a vida toda, uma ferida incurável? Para Eguchi, um homem de 67 anos, era possível pensar que os corpos das mulheres eram quase todos semelhantes. Além do mais, ela não lhe dava consentimento nem recusa, tampouco tinha reação alguma. O que a diferia de um cadáver era que nela circulava sangue quente e que respirava. Não só isso: na manhã seguinte, a garota viva acordaria, e isso era uma diferença e tanto! Contudo, não havia nela nem amor, nem vergonha, nem temor. Depois de acordar, restariam somente raiva e arrependimento. Nem mesmo saberia qual homem lhe teria roubado a virgindade. Só lhe era possível supor que fora um dos velhos. Certamente, ela não contaria nada à mulher da casa. Mesmo que ele quebrasse o tabu da casa dos velhotes, a garota faria de tudo para esconder o fato e assim ninguém mais, além dela, saberia. A pele suave da garota estava colada em Eguchi. O corpo nu da menina escura, talvez sentindo frio por ter sido desligado o cobertor elétrico do seu lado, começou a empurrar o velho por trás. Com uma perna ele puxou a perna da garota branca para si. Mas sentiu suas forças se esvaírem e pôs-se a rir. Procurou o remédio para dormir que estava à sua cabeceira. Pressionado entre as duas, mal conseguia mexer os braços. Pousou a mão sobre a testa da garota clara e ficou a contemplar os comprimidos brancos de sempre.

— Tentarei não usá-los esta noite? — indagou-se. Sem dúvida era um remédio forte. Em pouco tempo estaria adormecendo. Os clientes idosos dessa casa tomariam todos eles o remédio docilmente, seguindo a orientação da mulher? A dúvida passou pela cabeça do velho Eguchi pela primeira vez. No entanto, o fato de alguém não tomar o remédio de modo a recusar o sono não revelaria ainda mais decrepitude que a própria velhice? Eguchi sentia que ainda não ingressara no grupo dos velhos decrépitos. Tomou o comprimido também essa noite. Lembrou-se de que tinha pedido o mesmo que usavam para adormecer as garotas. "É perigoso para os idosos", respondera a mulher. E não insistira no pedido.

No entanto, o "perigo" significava que poderia vir a morrer durante o sono? Eguchi não passava de um idoso que levava a vida como qualquer outro; porém, como um ser humano comum, vez por outra caía em depressão devido ao vazio da solidão e ao desgosto do isolamento. Não seria aquela casa um local ideal para morrer? Atiçar a curiosidade das pessoas, receber críticas do mundo, não seria, pelo contrário, uma glória após a morte? Seria uma surpresa para os conhecidos. Não era possível calcular quanto desgosto causaria à família e aos parentes. Contudo, ser encontrado morto, espremido entre duas mulheres jovens como nessa noite, não significaria a realização de um sonho para um velho decrépito? Mas isso não aconteceria. Do mesmo modo que com o velho Fukura, o corpo seria retirado e transportado para uma miserável hospedaria de águas termais e o caso acabaria sendo tratado como suicídio por uso de sonífero. Como não haveria carta de despedida para explicar os motivos, seria considerado apenas mais um caso de desesperança pelo futuro incerto da velhice. Estava quase vendo aquele sorriso irônico esboçado pela mulher da casa.

— Que imaginação absurda. Pode dar azar!

O velho Eguchi riu, mas não parecia um riso alegre. O remédio começava a fazer efeito.

— Está bem. Vou lá acordar aquela mulher e forçá-la a me dar o mesmo remédio das garotas — disse. Mas não haveria razão para que a mulher lhe desse o remédio. Aliás, faltava a Eguchi disposição para sair do leito, nem tinha vontade de tomar o outro comprimido. Deitado de costas, o velho abraçou o pescoço das duas garotas. Um era dócil, macio e perfumado, o outro, rijo e com a pele oleosa. Algo ressurgia do seu âmago e transbordava. O velho olhava as cortinas carmesim à direita e à esquerda.

— Ah!

— Ah, ah! — fez a garota escura, como se lhe respondesse, e esticou o braço contra o peito de Eguchi. Estaria sentindo alguma dor? Ele libertou seu braço e deu-lhe as costas. Estendeu o braço à garota clara e enlaçou-lhe a cintura. Depois fechou os olhos.

"A última mulher da minha vida? Por que deveria pensar assim, mesmo que apenas por um momento?", refletia Eguchi. "Então, quem foi a minha primeira mulher?" O velho, mais do que entorpecido, estava sonolento.

Da primeira mulher, lembrou-se num relance: "Foi minha mãe. Não podia ser nenhuma outra." Era uma resposta realmente inesperada. "Como pode a minha mãe ter sido a primeira mulher da minha vida?" Além do mais, chegando aos 67 anos, deitado entre duas garotas nuas, essa verdade pela primeira vez surgiu de algum lugar profundo do seu coração. Seria uma profanação ou uma admiração? Como para se libertar do pesadelo, o velho Eguchi abriu os olhos e piscou repetidas vezes. No entanto, o sonífero já fazia efeito e não conseguia despertar por completo, sentindo que a cabeça começava a doer. Meio adormecido, tentou perseguir as imagens de sua mãe, porém suspirou e procurou os seios das garotas, pousando as palmas das mãos sobre eles. Um de pele delicada, o outro, de pele oleosa. O velho fechou os olhos.

A mãe de Eguchi morrera numa noite de inverno, quando ele tinha dezessete anos. Ele e seu pai seguravam cada um deles uma de suas mãos. Sofria de tuberculose havia muitos anos. Seus braços eram apenas ossos, mas ele os apertava com tanta força que seus dedos doíam. O frio dos dedos dela chegava até o ombro do filho. A enfermeira, que lhe massageava os pés, levantou-se silenciosamente e saiu. Era provável que tivesse ido telefonar para o médico.

— Yoshio, Yoshio... — a mãe o chamou com a voz débil. Eguchi, compreendendo de imediato, alisou com suavidade o peito da mãe que ofegava. No mesmo instante, ela vomitou enorme quantidade de sangue. Jorrava também das narinas. E parou de respirar. A gaze e a toalha que estavam à cabeceira não eram suficientes para limpar o sangue.

— Yoshio, limpe com a manga da sua camiseta — disse-lhe o pai. — Enfermeira! Enfermeira! Bacia e água... Ah, sim, um travesseiro novo, o quimono de dormir e também os lençóis...

Ao pensar que a primeira mulher da sua vida fora a sua mãe, era natural que o velho Eguchi recordasse a cena de sua morte trágica.

— Ah, ah! — O veludo carmesim que cobria as paredes da câmara secreta parecia-lhe sangue. Mesmo cerrando as pálpebras firmemente, o vermelho no fundo dos olhos não se apagava. Além do mais, por causa do sonífero, sua cabeça parecia girar. E as palmas de suas mãos pousavam sobre os seios inocentes das garotas. Também sua consciência e razão estavam quase anestesiadas, e lágrimas brotavam nos cantos de seus olhos.

Por que, justamente num lugar como esse, ele foi pensar em sua mãe como a primeira mulher que tivera na vida?, estranhava Eguchi. Na verdade, já que a reconhecera como tal, não era mais possível pensar em outras com quem se divertira. A primeira mulher da sua vida, de fato, fora sua esposa. Isso era indiscutível, e sua velha esposa, que já casara três filhas, dormia sozinha naquela noite de inverno. Ou será que ainda estava acordada sem poder conciliar o sono? Lá não se ouvia o murmúrio de ondas como aqui, mas o frio noturno podia ser mais intenso. O velho se perguntava o que seriam esses dois seios sob suas mãos. Mesmo depois de sua morte, eles teriam por muito tempo sangue quente a circular nas veias. No entanto, que valor teria isso? O velho Eguchi juntou o que lhe restava de forças para segurá-los, mas as garotas adormecidas, cujos seios também estavam dormentes, não reagiram. Quando Eguchi alisara o peito de sua mãe, naturalmente tocou-lhe os seios mirrados. Mas não os sentira como seios. Já não se lembrava direito. O que conseguia lembrar era o tempo de criança, quando dormia buscando os seios da jovem mãe.

Prestes a mergulhar no sono, e procurando uma posição cômoda para dormir, o velho retirou as mãos dos seios das jovens. Virou-se para a garota escura em virtude do forte cheiro que ela exalava. Sua respiração era resfolegante e atingia o rosto de Eguchi. Os lábios estavam entreabertos.

— Que dentinho engraçado! — O velho tocou-o com os dedos. Embora tivesse os dentes graúdos, esse era miúdo. Se não fosse o hálito da garota em seu rosto, Eguchi teria beijado sua boca, junto a esse dente. Porém, a densa respiração perturbava o sono do velho; ele então voltou-se para o outro lado. Mesmo assim, a respiração dela atingia-lhe a nuca. Não era propriamente um ronco, mas uma respiração sonora. Eguchi encolheu de leve o pescoço e recostou a testa na face da garota clara. É possível que tenha feito uma careta, mas também parecia sorrir. Ele estava mais atento à pele oleosa pegada às suas costas. Era fria e viscosa. O velho caiu no sono.

Talvez por dormir pressionado entre as duas garotas, o velho Eguchi tenha tido pesadelos sucessivos. Não havia ligação entre um e outro, mas eram sonhos eróticos e perturbadores. No último, Eguchi regressava da viagem de lua de mel e, chegando em casa, encontrou-a abarrotada de flores semelhantes a dálias vermelhas a se balançar. Ficou em dúvida se era realmente sua própria casa e hesitou na entrada.

— Ora, você está de volta. Por que está parado aí? — o recebeu sua mãe, que deveria estar morta. — Estaria a jovem esposa encabulada?

— Por que essas flores?

— Ah, sim — disse a mãe, serena. — Entre e suba logo.

— Sim. Pensei que tinha me enganado de casa. Não tem por que errar, mas com tantas flores assim...

Na sala de visitas, um banquete havia sido preparado para recepcionar os recém-casados. Depois de receber os cumprimentos da jovem esposa, a mãe foi à cozinha para esquentar a sopa. De lá vinha um cheiro de pargos assados. Eguchi foi ao corredor olhar as flores. A jovem esposa seguiu-o.

— Que lindas flores! — exclamou ela.

— Sim. — Eguchi, para não assustá-la, omitiu o fato de que elas não estavam ali antes. No momento em que ele olhava fixamente uma das mais graúdas, uma gota de sangue pingou de uma das pétalas.

— Ah! — gemeu ele.

O velho Eguchi abriu os olhos. Balançou a cabeça, mas estava tonto devido ao sonífero. Tinha-se virado para o lado da garota escura. O corpo dela estava frio. Ele sentiu um arrepio. A garota não respirava. Colocou a mão no coração dela, mas não sentiu suas batidas. Eguchi pulou do leito. Cambaleou e caiu. Com o corpo todo tremendo, saiu para o quarto contíguo. Olhou à sua volta e viu a campainha ao lado do *tokonoma*. Apertou o botão com força durante muito tempo. Ouviu os passos na escada.

"Teria eu apertado o pescoço da garota sem saber enquanto dormia?"

Voltou quase engatinhando e olhou o pescoço dela.

— Aconteceu alguma coisa? — perguntou a mulher da casa.

— Esta menina está morta — os dentes de Eguchi batiam.

A mulher permaneceu calma e, esfregando os olhos, disse:

— Morta? Não pode ser.

— Morta, sim. Ela não está respirando. E o pulso está parado.

Enfim, a mulher empalideceu. E ajoelhou-se na cabeceira da garota escura.

— Não vê que está morta?

— ...

A mulher levantou a coberta e examinou a garota.

— Senhor, fez alguma coisa a ela?

— Não fiz nada.

— Ela não está morta. O senhor não precisa se alarmar com nada... — a mulher se esforçava para se manter fria e impassível.

— Ela está morta. Chame logo o médico!

— ...

— O que a senhora deu a ela? Pode ser que ela seja alérgica.

— Por favor, senhor, não faça alarde! Prometo que não vamos lhe causar nenhum incômodo... seu nome nem aparecerá...

— Estou dizendo que ela está morta!

— Estou certa de que ela não morreu.
— Que horas são agora?
— Já passa das quatro.
A mulher levantou a garota escura totalmente nua e cambaleou.
— Deixe que eu lhe ajude.
— Não é necessário. Há um homem lá embaixo...
— Mas a menina é pesada.
— Não se preocupe com os assuntos da casa. Volte a descansar, por favor. Ainda há uma garota.

"Ainda há uma garota." Não havia nada que ferisse mais a fundo o velho Eguchi do que aquelas palavras. De fato, no leito do quarto ao lado ainda restava a garota clara.

— Mas como? Não vou conseguir dormir! — na voz furiosa do velho Eguchi misturavam-se covardia e medo.
— Também vou-me embora.
— Não faça isso, por favor. Se o senhor sair a esta hora poderá levantar suspeitas...
— Não vou conseguir dormir.
— Vou lhe trazer mais comprimidos.

Ouviu-se o barulho da mulher arrastando o corpo da garota escura escadaria abaixo. O velho, que vestia apenas o yukata, só agora sentira o frio penetrar seu corpo. A mulher retornou com os comprimidos brancos.

— Por favor, tome isto e amanhã de manhã fique descansando à vontade.
— Está bem. — O velho abriu a porta do quarto contíguo, onde as cobertas estavam jogadas como tinham sido deixadas havia pouco. A nudez da garota clara continuava estendida em sua beleza deslumbrante.

— Ah! — contemplou-a Eguchi.

Ouviu distanciar-se o carro que levava o corpo da garota escura. Seria levado para aquela suspeita hospedaria de águas termais, para onde fora carregado o cadáver do velho Fukura?

Yasunari Kawabata na Estação Liberdade

O País das Neves (2004)
Mil tsurus (2006)
Kyoto (2006)
Contos da palma da mão (2008)
A dançarina de Izu (2008)
O som da montanha (2009)
O lago (2010)
O mestre de go (2012)
A Gangue Escarlate de Asakusa (2013)
Kawabata-Mishima Correspondência 1945-1970 (com Yukio Mishima, 2019)
Beleza e tristeza (2022)

ESTE LIVRO FOI COMPOSTO EM GATINEAU CORPO 10,5 POR 15
E IMPRESSO SOBRE PAPEL PÓLEN BOLD 90 g/m² NAS OFICINAS
DA MUNDIAL GRÁFICA, SÃO PAULO — SP, EM MAIO DE 2024